雅众
elegance

智性阅读
诗意创造

我的
艾米莉·
狄金森

My
Emily
Dickinson
by
Susan Howe

〔美〕苏珊·豪 著　王柏华 译

南京大学出版社

雅众文化　出品

目录

序言
艾略特·温伯格

　　"我是无名之辈"[1]——艾米莉·狄金森曾经多么寂寂无闻，确实已很难挽回。以两部经典文学史为例：范·维克·布鲁克斯（Van Wyck Brooks）的《新英格兰的繁花》（*The Flowering of New England*, 1936）长达 560 页，只有两次顺带提到她。马西森（F. O. Matthiessen）的大部头著作《美国文艺复兴》（*American Renaissance*, 1941）长达 660 页，只给了她一小段文字——她的诗歌的"凝缩形式源于她解决冲突的需要"，且马西森并未对此加以详述。"她的语言理想，实际上，她遣词造句的技巧，似乎［与爱默生[2]的］难以区分"，

1　引自狄金森本人的诗句"我是无名之辈，你是谁？"（I'm Nobody! Who are you?）［J288/F260］；"nobody"有多重意涵：无名之辈、小人物、无人等。——本书脚注除特殊说明外皆为译者注

2　拉尔夫·瓦尔多·爱默生（Ralph Waldo Emerson，1803—1882），美国思想家、文学家、诗人，被誉为美国超验主义思想的核心代表。爱默生的著作对包括狄金森在内的同时代作家产生了深远影响。

1

尽管她"在任何意义上都无法企及爱默生作为社会批评家的视野"。即使到了 1980 年，在约翰·欧文（John T. Irwin）的《美国的天书》（*American Hieroglyphics*）里，她的名字甚至也没有出现。

劳伦斯[1]的《经典美国文学研究》（1923 年）对她只字未提。埃兹拉·庞德（Ezra Pound）在《从孔子到卡明斯》（*From Confucius to Cummings*, 1958）的诗歌选集中，为约翰·格林里夫·惠蒂尔（John Greenleaf Whittier）和詹姆斯·惠特科姆·瑞利（James Whitcomb Riley）保留了一席之地，却没有收录她。乔治王朝时期的诗人哈罗德·蒙罗（Harold Monro）曾在诗坛举足轻重，她在 1925 年宣称，狄金森"在智识上是盲目的，半死不活的，对于诗歌艺术，几乎是喑哑的"："她的小小抒情诗看起来不过是一个半痴半呆的女学生的随手之作，而不是一个受过完整教育的成年女性的严肃思考。"乔治·惠彻（George Whicher）在 1930 年细心编写了一份狄金森文献书目，他说"对于艺术形式，她简直一无所知"：

---

1 劳伦斯（D. H. Lawrence, 1885—1930），英国小说家、诗人、批评家，代表作如《儿子与情人》《查泰莱夫人的情人》等。

她的种种疏忽和漫不经心的失误，被严肃地辩护为俗人无法理解的美，她的名字被她的批评家征引，以支持他们对某些诗歌运动的偏爱，而她可能从未听说过这些运动。

在那篇发表于 1932 年的当时最有影响力的文章中，艾伦·泰特（Allen Tate）将她与约翰·多恩[1] 相比——新批评派将每个人都与约翰·多恩相比——因为她"感知抽象，思考感觉"，但他写道，她与多恩的区别在于她的"无知，她缺乏正规的智识训练……她根本无法推理。她只会看"。更有甚者："她在智识上的缺陷是她最大的特点。"[2] 查尔斯·奥尔森（Charles Olson）只是在《叫我以实玛利》（Call Me Ishmael, 1947）的早期草稿中提过她一次："狄金森爱上了基督，却弃他而去，嫁给了死神。她为坟墓殚精竭虑，这导致她的性情紧张，甚至被毒化了。"

罗伯特·邓肯（Robert Duncan）在 1960 年寄给丹尼

---

[1] 约翰·多恩（John Donne, 1572—1631），英国 17 世纪诗人，通常被称作"玄学派"的代表。

[2] 这里指艾伦·泰特的《新英格兰文化与艾米莉·狄金森》（"New England Culture and Emily Dickinson"）一文，发表于《研讨会》（Symposium），III (April, 1932)。

丝·莱维托夫（Denise Levertov）的信中写道：

> 你有没有看到新版艾米莉·狄金森诗选恢复了她的标点符号？这样一来，我们会发现她属于更近的同类了，近于我们之前的猜想。小短线（作为空格）让诗行清晰有力。一种多么可爱的手法啊，产生出一种多么直接的东西！

莱维托夫回答道：

> 你知道吗，其实这些小短线让我很困扰——它似乎造成一种单调的感觉。对此我难以解释……E. D. 身上有一种冷漠和反常的自命不凡，这让我总是对她的单首诗产生反感，并扩及她的全部作品。她写出了一些了不起的东西——她视角奇特——让人面对新的真相不寒而栗——但总是一次次地让人觉得（或者说让我觉得）——"天哪，这个独身的小女子真他妈邪乎。"

邓肯回答说："你对艾米莉·狄金森的感觉我根本感觉不到……她的作品冲我扑面而来，她的个性压根不会干扰到我。"几年后，莱维托夫改变了她的看法——至少在小短线的问题上——她向邓肯讲述了与罗伯特·洛威尔（Robert Lowell）共度的一个夜晚：

> 想象一下，他从未想过艾米莉·狄金森的小短线可能是听觉记号、休止符或渐慢符。他认为这些小短线只是随手留下的涂鸦而已，没有任何意义，大概艾米莉·狄金森打算以后在这里填上"适当的"标点符号。起初，带着一种骄傲的不甚恭敬的态度，他坚决否认它们能有什么其他意义。但最终他显然决定再好好琢磨一下这个"新想法"。

罗伯特·克里利（Robert Creeley）和路易斯·祖科夫斯基（Louis Zukofsky）虽然同为凝缩大师，却没有写过关于她的文字。祖科夫斯基曾想过把她的三首诗收入 1948 年的诗选《诗歌的一种考验》（*A Test of Poetry*），但后来觉得授权费太高（25 美元）。肯尼斯·雷克斯罗斯（Kenneth Rexroth）宣称，狄金森是"本世纪所有女诗人中的佼佼者，除克里斯蒂娜·罗塞蒂和勃朗特姐妹以外"。但洛琳·尼德克（Lorine Niedecker）——她经常被拿来与狄金森相提并论——将她列为自己"不朽柜"中的十位作家之一，并引用了先知先觉的爱丽丝·詹姆斯（Alice James）1891年的一封信："听到英国人说艾米莉·狄金森是五流作家，我感到很欣慰——他们一向如此，总是与最高等的品质失之交臂。"玛丽安·摩尔（Marianne Moore）在1933年的一篇《狄金森书信集》的评论中，以她特有的方式赞扬了狄金森：

> 狄金森一直受到指控，说她虚荣。其实，造成一种不合逻辑的虚张声势效果的某种轻快之感——某种我们可能不太适应的戏剧感——对她来说是生存所必需的伸展呼吸的一部分；你不会觉得她有什么自负，除非蜂鸟或鱼鹰的行为跟鸡不一样就是自负。

其他人看到的是他们自己，或者是他们想看到的东西。哈特·克兰（Hart Crane）1928年致信戈勒姆·芒森（Gorham Munson）："布莱克的和艾米莉·狄金森的一些诗似乎更无可争议了，自从相对论和其他一系列意识形态均已得到认可。"希尔达·杜利特尔（H. D.）于1924年致信布莱尔（Bryher）："真是极好的结晶体。"摩尔，再一次抱怨将狄金森描述为"稀有物种，真正的非人造的精灵"："你憎恨那种吹毛求疵，把特立独行说成怪癖"。1980年，艾伦·金斯堡（Allen Ginsberg）写道："当你像艾米莉·狄金森一样死去，一只苍蝇的嗡嗡声会把你的思绪带回房间／你坐在那里保持呼吸意识到周围的墙壁和你的思绪之上那一望无际的蓝天。"

然后才有美国诗人中最美国主义的威廉·卡洛斯·威廉斯[1]，与奥尔森和苏珊·豪本人一道，本书的题记就引自他在《美国的纹理》（*In the American Grain*，1925）一书中的《贾卡塔夸》章节，我们从第一个句子里就已了解到，本书就是以此为基础写成的。在威廉斯的散文中，我们常常很难明白他的意思，因为这些句子热情洋溢，但往往很抽象，相互削弱或相互抵牾。《贾卡塔夸》亦非例外，此文既是对美国女性的声讨，同时也是遐想。在文章的其他地方，他把狄金森称为"因其清晰而唯一值得尊敬的女人"。

四年后，在评论凯·博伊尔（Kay Boyle）的《短篇小说》时，他写道：

---

[1] 威廉·卡洛斯·威廉斯（William Carlos Williams，1883—1963），美国诗人，医生，通常被称作意象派的主要代表。1925年出版散文集《美国的纹理》，论美国历史人物和事件，包括贾卡塔夸，阿布纳基人女首长的女儿，在独立战争期间，她在缅因州遇见了亚伦·伯尔（Aaron Burr，1756—1836）并立即爱上了他。

醒着，艾米莉·狄金森被她的激情撕裂，她被逼回到罩子下面，把自己囚禁在父亲的花园里，那是令她叹惋的伤痛的印记，一种她无法穿越的晦暗。在文学中，因为我写的是文学，它是我们被睡眠囚禁的印记，持续的印记，在评价狄金森的作品时，我们的作家仍在赞美她梦游者的刚硬——如痴如醉的凝视、心心念念于天堂——而忽略了她诗句结构的扭曲、无韵律性、标明她回转之处的悲苦。她是一个开端，是觉醒边缘的一种颤抖——以及觉醒施加的恐惧。但她无法穿透，所以它仍在延续。

1934年，他在一篇关于《美国背景》的文章中写道："[爱默生]是一位，于创作中，迷失的诗人。他试图从根本的意义上提出他的精神主张，但它们当时没有——现在也没有——艾米莉·狄金森的无韵诗的本真性。而她也属于这一派，以叛逆的方式。"（下一句另起一段，这样写道："体验美国女性在文化方面的匮乏确实令人印象深刻。"）两年后，在与年轻诗人玛丽·巴纳德（Mary Barnard）的通信中，他抱怨巴纳德的诗过于雅致：

我并不要求任何人不讲文雅。不是这样的。但是，当一个人几乎没有身体接触的实际经验时，当我们不能足够确凿或足够快地接触世界，却又不得不写作时，我们就可能会抽取一大堆素材，拼拼凑凑，勉力为之，而且常常是反复拼凑——它就会变硬，难以保持灵活性。艾米莉·狄金森（我曾发誓我不会单独称呼她的名字）成功地将她的形式顽固地锤炼成某种自家土产的不规则性，勉力为之——但即使达到最佳状态，也太过于靠近天国，太过于一厢情愿地希望它会成为应有的样子，以至于无法成为大家的榜样。

［一个奇怪的联想：1979年，一位日本学者鹈野裕子声称，理查德·休厄尔（Richard Sewall）的《艾米莉·狄金森传》第二卷的卷首插图不是诗人的照片，而是威廉斯的外祖母的照片，她"大约于同期出生于英国"，名叫艾米莉·狄肯森（Emily Dickenson）。］

到本书写作之时，即20世纪80年代初，狄金森的复杂性趋于消失，正如苏珊·豪在一次访谈中所言，她"被还原为一个身穿白衣的天才老处女形象，恰如郝薇香小姐[1]……一个蜘蛛般的隐居者，一个居家女王，缝啊缝"。批评的焦点集中于"神经质、压抑、拒绝"。正如一篇流行的女性主义论著的标题所言，狄金森是一位被整个社会驱赶到"阁楼上的疯女人"，居住在一个聪明而敏感的女人唯一被允许的空间里。

苏珊·豪的使命是避免陷入进一步的心理推断和修正主义政治，而将狄金森置于男性诗人通常被考量的那种文学、知识和历史背景中加以描述。她一反陈词滥调，不再将狄金森视为卢梭式的自然的精灵，创作出了古怪的、没有文字的作品；豪的艾米莉·狄金森是一位博学者，她穿越大量的阅读以追索其诗作的路径：莎士比亚、勃朗特姐妹、勃朗宁夫妇、斯宾塞、雪莱、济慈、布莱克、罗斯金[2]、梭罗、爱默生、库柏[3]……狄金森的创作与这些作家为伴，他们之间的距离在她看来并非什么距离。跟与世隔绝的神经质人格相反，豪笔

---

1 郝薇香小姐（Miss Havisham），狄更斯的小说《远大前程》中的一位贵妇人，因婚姻受挫而发疯，从此足不出户。

2 约翰·罗斯金（John Ruskin, 1819—1900），维多利亚时代最有影响力的英国艺术史家和艺术批评家，代表作如《建筑的七盏灯》《现代画家》等。

3 詹姆斯·费尼莫尔·库柏（James Fenimore Cooper, 1789—1851），美国19世纪小说家，以描绘17世纪到19世纪的殖民地和土著人的历史罗曼司而著称。

下的狄金森洞悉外面的事件，包括南北战争。豪重返历史，追根溯源，将狄金森的感性和智性展现在清教主义、新英格兰边疆、乔纳森·爱德华兹[1]和宗教大奋兴运动[2]之中。与天真的艺术家形象、"漫不经心的"蜗居的文字缝纫工形象相反，豪声称，正如威廉斯所暗示的和邓肯所感知的那样，狄金森是一位有意识的文字革命家：与斯坦因[3]一样，她是一位伟大的美国女性先锋艺术家。

令人惊讶的是，豪在不到150页的篇幅里完成了这一切，但这是一本诗人的书，一本作家论作家（还有其他人）的经典之作，在这个书架上还有：劳伦斯的《美国文学经典研究》、奥尔森的《叫我以实玛利》、威廉斯的《美国的纹理》、邓肯仍未结集的《H. D. 之书》、西蒙娜·薇依（Simone Weil）的《〈伊利亚特〉，或力量之诗》（"The Iliad, or

---

1 乔纳森·爱德华兹（Jonathan Edwards, 1703—1758），美国神学家，新英格兰18世纪宗教复兴运动的领袖，亦被誉为美国哲学思想的开拓者。

2 大奋兴运动（the Great Awakening），有时译作"大觉醒运动"，特指美国历史上大规模的宗教复兴运动。据历史学家和神学家确认，这一类由福音派新教牧师领导的美国宗教复兴热潮一共发生过四次，从18世纪早期延续到20世纪晚期。在大奋兴运动中，人们的宗教热情受到极大激发，福音教堂会众人数猛增，并催生了新的宗教派别和运动。

3 格特鲁德·斯坦因（Gertrude Stein, 1874—1946），美国20世纪小说家、剧作家、诗人、艺术收藏家，1903年起移居巴黎，举办沙龙，成为现代主义运动的领袖。

the Poem of Force"）、H. D. 的《向弗洛伊德致敬》(*Tribute to Freud*)、祖科夫斯基的《底部：论莎士比亚》(*Bottom: On Shakespeare*)——所有这些都是苏珊·豪所点明的写作本书的灵感来源。在文学的无尽对话中，《我的艾米莉·狄金森》似乎与《叫我以实玛利》对话最多。奥尔森 / 梅尔维尔和豪 / 狄金森构成了阴与阳，超越了男与女：奥尔森的"外向形象"（Figure of Outward）反衬着"内向形象"（Figure of Inward）：对于那间阿默斯特的阁楼，奥尔森著名的第一句话（"我认为空间是生于美国的男人的核心事实……"）并不适用。

从这里开始，苏珊·豪将继续完成那篇著名的文章《内心的这些火焰和慷慨》（收录于 1993 年出版的《胎记》）[1]，这篇文章将证明，狄金森诗歌的标准的"分节式"转写是编辑发明的，与她在纸张上实际排列诗行的方式大相径庭。诗人们立刻就明白了这一点，而狄金森学者则认为这是奇谈怪论。

作家论作家之作往往比标准的文学批评更持久，这不仅

---

1 Susan Howe. "These Flames and Generosities of the Heart: Emily Dickinson and the illogic of Sumptuary Values," in *Birthmark: Unsettling the Wilderness in American Literary History* (Hanover, N. H., 1993).

是因为它写得更好。评论家是解释他们的研究对象；而在作家的书中，是研究对象在解释作者。《我的艾米莉·狄金森》以及后来的文章，至少在某些方面，永远地改变了人们对狄金森的解读方式。然而，与此同时，令人瞩目的是，书中的许多段落似乎都在描述苏珊·豪在之后的几十年里所写的诗歌。

在 1936 年的第一部新方向选集中，让·科克托（Jean Cocteau）称自己的创作方法为"间接批评"，而他当时的范例，一篇关于乔治·德·基里科（Giorgio de Chirico）的文章，可以说是豪的某些散文作品的失散的表亲。前卫批评——本书是其中的经典之作——是一个鲜为人知的领域，更不用说探索了。

说明和致谢

　　我保留了艾米莉·狄金森个性化的拼写和标点符号。她的所有书信和诗歌均摘自托马斯·约翰逊（Thomas H. Johnson）编辑的《艾米莉·狄金森书信集》(*The Letters of Emily Dickinson*)。[1] 我通篇使用了他的编号。[2] 我相信，拉尔夫·富兰克林（Ralph Franklin）版的《艾米莉·狄金森的手稿册》(*The Manuscript Books of Emily Dickinson*) 现已表明，她对某些诗的措辞提出的且仔细标注的异文建议是深思熟虑的结果。同样，我采用约翰逊的方法，列出她的替换词语及

---

1 本书所引用的狄金森诗歌的相关文献: *The Poems of Emily Dickinson: Including Variant Readings Critically Compared with All Known Manuscripts*. 3 vols., ed. Thomas Johnson. Cambridge, MA and London: Belknap Press of Harvard UP, 1955.

2 本书作者使用约翰逊的编号（详细文献见上一条注释），但是目前学界已普遍采用富兰克林 1998 年编定的《狄金森诗歌全集》(*The Poems of Emily Dickinson: Variorum Edition*. 3 vols. Ed. R. W. Franklin, Cambridge, MA and London: Belknap Press of Harvard UP, 1998.) 的编号；为了方便中文读者对照阅读，中译本使用了约翰逊和富兰克林两种编号，分别标明 J 和 F，中间加斜杠。

其数字符号。

我在书信引文后使用了字母 L，以区分书信和诗歌。

我使用的是 1855 年版勃朗宁[1]的诗作《罗兰公子来到暗塔》（"Childe Roland to the Dark Tower Came"）。

引自莎士比亚的文本均出自查尔斯·奈特（Charles Knight）编辑的版本。狄金森家拥有奈特编的八卷本。

我感谢昆西·豪（Quincy Howe）、芭芭拉·福森（Barbara Folsom）和莫琳·欧文（Maureen Owen）帮忙校订和核对手稿。

1　罗伯特·勃朗宁（Robert Browning, 1819—1889），英国 19 世纪的杰出诗人和剧作家，他的诗歌以"戏剧独白体"（dramatic monologue）著称。关于狄金森的创作与勃朗宁诗集的关联和讨论，详见本书第三部。

题记

尤其是女人——除了先驱凯蒂们，从来没有过女人；没有一个盛开的女人。除了坡[1]可能见过的月亮花，或者一个未成熟的孩子。诗人？诗人在哪里？她们是考验。但真正的盛开的女子，从来没有。艾米莉·狄金森在她父亲的花园里因激情而挨饿，是我们曾有过的最接近的一个——挨饿。

从来没有一个女人：从来没有一个诗人。这是公理。没有一个诗人在这里见过太阳。

（威廉·卡洛斯·威廉斯，

《美国的纹理》）

---

1 埃德加·爱伦·坡（Edgar Allen Poe, 1809—1849），美国19世纪诗人、小说家、评论家。

前言

我的书与其题记相矛盾。

艾米莉·狄金森曾在致托马斯·温特沃斯·希金森[1]的信中写道："坦率－我的导师－是唯一的诡计"。这是恰如其分的表述。

威廉·卡洛斯·威廉斯在《美国的纹理》导言中说，他曾试图重新命名他所见之物。我对他那个虚假的艾米莉·狄金森形象——受制于那套陈旧的不得当的标签——感到遗憾。但我喜欢他的书。

亲缘关系的歧径同时以相反的方式牵引着我。

作为一名诗人，相比大多数专业学者对狄金森作品的批判性研究，我对威廉斯关于写作的写作（即使他在《贾卡塔夸》中乱了套路）感觉更亲近。当威廉斯写道："从来没有一

---

1 托马斯·温特沃斯·希金森（Thomas Wentworth Higginson, 1823—1911），
美国唯一神教牧师、作家、演说家、社会活动家。关于希金森的生平以
及他与狄金森的关联，详见本书最后一章。

个女人：从来没有一个诗人……没有一个诗人在这里见过太阳。"我认为他说的是一回事，指的是另一回事。一个诗人从来不只是一个女人或一个男人。每个诗人都是用火焰腌制的。诗人是一面镜子，一个转录器。在这里，"我们自身就有盐，彼此和平相处"[1]。

梭罗在《康科德河和梅里马克河上一周》[2]导言的最后，回忆了他如何经常站在马斯基塔奎德河（或草场河，英国殖民者把它重新命名为康科德河）河畔。康科德河的水流遵循着时间系统和所有已知事物的相同规律。梭罗喜欢观察这股水流，对他来说，这是一切进步的象征。水面下的杂草被水风吹动，轻轻地向下游弯曲。木屑、木棍、木头，甚至树干，都漂流而过。夏末秋初的一天，他决心登上一条小船驶离岸边，让河水载他而去。

艾米莉·狄金森是我的象征性的康科德河。

我正朝着某些发现奔去……

---

1 这里引用了《马可福音》（9：50）："盐本是好的，若失了味，可用什么叫它再咸呢？你们里头应当有盐，彼此和睦。"

2 梭罗（David Henry Thoreau, 1817—1862），美国博物学家、散文家和哲学家，废奴主义者。以《瓦尔登湖》和《论公民的不服从》等闻名于世。《康科德河和梅里马克河上一周》（A Week on the Concord and Merrimack Rivers）发表于1849年，讲述了他和哥哥约翰在河上乘船旅行的经历和精神反思。

第一部

当我深入这古老的橡树林。

> （引自约翰·济慈《坐下来重读李尔王有感》["On sitting
> down to read *King Lear* once Again"]，这首十四行诗收入
> 致其兄弟乔治·济慈和汤姆·济慈的一封信里，
> 1818 年 1 月 23 日。）

小表妹，

召回。

艾米莉。

> （艾米莉·狄金森的最后一封信，寄给
> 两个表妹露易丝和弗朗西斯·诺克洛斯 [1]，
> 1886 年 5 月。）

---

1 露易丝·诺克洛斯（Louise Norcross）和弗朗西斯·诺克洛斯（Frances
Norcross），艾米莉·狄金森的姨妈拉维妮娅（Lavinia）的两个女儿，艾
米莉与这两个表妹最为亲近，与她们保持长期的通信联系，寄赠了大量
诗作，直到生命的最后时刻。

在我使用的大学图书馆里，有两位作家的作品拒绝遵循这些机构所延续的英美文学传统。艾米莉·狄金森和格特鲁德·斯坦因，她们显然是现代主义诗歌和散文最具创新性的两位先驱，但时至今日，从哈罗德·布鲁姆（Harold Bloom）到休·肯纳（Hugh Kenner）的经典评论，仍坚持对她们的名字置之不理，仍坚持忽视她们的作品。为什么这两位探路者是女性，为什么她们是美国人——这两个问题常常遗落在对传记细节的迷恋中，而这些传记细节常常"亲切地"把她们的声音闷压在下面。其中一位是隐居者，她的工作没有受到家人和同行的鼓励或引起他们任何真正的兴趣，她的诗作生前鲜有发表。而另一位则是颇具影响力的艺术赞助人，她热衷于公众关注，在同行的陪伴中成长，并在有生之年享受着自己的文学声誉。狄金森和斯坦因在**自我（Self）**的道路上相遇，起点和终点皆大相径庭。这种表面的分裂具有欺骗性。写作是每个女人的世界。在**他的（his）**想象力兴奋自得

23

的世界里，女性的铭刻似乎是孤单而突兀的。

　　随着诗歌改变自身，它也改变了诗人的生活。颠覆（Subversion）吸引了她们两人。到1860年，艾米莉·狄金森已不可能再简单地移植英国诗歌传统，正如对于沃尔特·惠特曼一样。在散文和诗歌中，她探索了几乎与读者断绝交流的违规之举的含义。从随手涂写开始，她在书信中打破了标准的人际交往习惯，正如她打破了诗歌惯用的顺时的线性结构一样。格特鲁德·斯坦因受塞尚、毕加索和立体派的影响，用语言阐述视觉上的创新。她用文字来表达在命名过程中形成的新视觉，就像第一个女人在用声音探测而不是描述"充满动态时间的空间"。重复、惊奇、头韵、不整齐的韵脚和节奏、错位、解构。为了恢复每个词语—骨架（word-skeleton）的原始清晰度，两位女性都卸下了欧洲文学习俗的重担。她们采用古老的策略，对其进行审视和再创造。

　　艾米莉·狄金森和格特鲁德·斯坦因也巧妙地且以反讽的方式考察了文学史上的父系权威。是谁在监管着语法、语篇、关联和言外之意等问题？被关在句子结构内部的是谁的秩序？什么样的内在表述才能把"格言教诲"（Saying）之论断中的盘根错节释放出来？这两位女性作品的反向运动以截然不同的方式穿透了书面交流的种种不确定的界限。

＊　　＊　　＊

法国女性主义者埃莱娜·西苏（Hélène Cixous）的《美杜莎的笑》（"The Laugh of the Medusa"）为女性写作想要做什么提供了一个颇为雄辩的计划。问题是，"想要"很快就变成了"必须"。她写道："我写女人：女人必须写女人。而男人，写男人。"

　　我们不在至高无上的洞穴周边摇尾乞怜。我们没有什么女性的理由去效忠否定。女性（正如诗人所怀疑的）肯定："……是的，"莫莉说，带《尤利西斯》走出所有的书，走向新的写作，"我说是的，我将会**是的**（Yes）。" [1]

　　（《乌托邦》，见《新法国女性主义》，第 255 页）

可是，《詹姆斯·乔伊斯的流亡》（The Exile of James Joyce）的作者西苏却忽略了格特鲁德·斯坦因，后者在 1908

---

1 这里指詹姆斯·乔伊斯的小说《尤利西斯》中的女主人公莫莉·布鲁姆（Molly Bloom），在小说的结尾处，她在意识流独白中回忆布鲁姆向她求婚的情景，中间多次重复"是的"。

年出版的《三个女人》(*Three Lives*) 和 1907 年至 1911 年间创作的《美国人的形成》(*The Making of Americans*) 已经使其作者超越了《尤利西斯》之前和之后的任何一本书。在理查德·埃尔曼（Richard Ellmann）长达 765 页的乔伊斯详尽的传记中，只有三处简短地提到了斯坦因。第一处（见第 543 页）即刻将她贬损到尘埃里。根据玛丽·科伦（Mary Column）的报道，在被问及对他这位著名的同代人和邻居的看法时，乔伊斯回答道："我讨厌知识女性。"在这个评语之下是一个多么讽刺的世界啊！《尤利西斯》由西尔维娅·比奇（Sylvia Beach）的莎士比亚书店出版；除了四个章节外，全部作品均首次发表于玛格丽特·安德森（Margaret Anderson）的《小评论》(*The Little Review*) 上，哈丽雅特·韦弗（Harriet Weaver）在乔伊斯创作该书的岁月里资助了他和他的家人。这三位都是知识女性。莫莉·布鲁姆也许对新写作的未来说过"是的"，但她只是一个角色，而不是作者。对于她的作者来说，知识分子的未来是男性的。在斯坦因身上，可以找到西苏"想要"的女性写作的所有元素，她显然打破了否定她的种种准则，为什么在这里她甚至被"遗漏了，在继承遗产的现场遭到全然漠视"？

桑德拉·吉尔伯特（Sandra M. Gilbert）和苏珊·古巴

尔（Susan Gubar）对19世纪英国女小说家的问题和成就深有领悟。遗憾的是，她们的著作《阁楼上的疯女人：女性作者与19世纪文学想象》（*The Madwoman in the Attic: The Woman Writer and the Nineteenth Century Literary Imagination*）没有讨论到她们的代表性诗人艾米莉·狄金森所开启的19世纪美国文学偏好语言消解（linguistic decreation）的深刻意义。在这两位女性主义学者看来，作家可以隐藏或坦白一切，只要她运用合乎逻辑的句法。艾米莉·狄金森则认为，心灵的语言有着完全不同的语法。这位最为敏锐的抒情诗人唱出了想象力作为学习者和奠基者的声音，唱出了进入一种超越性别秩序的解放之声，在那里"爱就是它自己的救赎，因为我们－就算达到我们的至高点，亦不过是它颤抖的象征符号而已－"（L522）。

狄金森生活中的一切：她的性别、阶级、教育、遗传的性格特征、所有的影响、所有的偶然事件，都为她的创作提供了条件。为了释放那些成就了她的伟大诗歌的意旨，她出于某种原因选择了将自己封闭在童年的家庭成员内部。这种自我选择的放逐，家宅里的放逐，使她从所有精于算计的人类秩序的表象中解放出来。大多数文学批评都建立在计算利益得失的基础上。桑德拉·吉尔伯特和苏珊·古巴尔的书名所昭示的化简主义的文学批评方法迫使她们不必要地担心，狄金森没有选择与惠特曼一起赞美和歌唱自己；她也不能自信地与爱默生一起宣称："……诗人是言说者、命名者，并代表着美。他是君主，位于中心。"[1] 然而，狄金森的说法更为微妙："自然是一座闹鬼的房子 - 但艺术 - 是一座尝试闹鬼的房子。"(L459)

是的，性别差异确实会影响我们对语言的使用，我们在写作时会不断应对差异、距离和缺席等问题。但这并不意味着我可以把女性降级为我们"应该"或"必须"做什么。命令意味着分等和归类。分等和归类意味着所有权。我的声音是从我的生活中形成的，不属于任何人。我的东西一旦付诸文字就不再是我的财产。可能性已经开启。未来将遗忘、抹去或追忆并解构每一首诗。诗歌之所见与普通生活之间存在着神秘的分离。诗歌的条件在每个人的生活之外，那是一个奇迹之所在，与世俗时序无关。

*　　　*　　　*

自杀式的缝纫仅仅是将诗人分散的自我缝合为死

---

1 引文见爱默生的《诗人》（"The Poet"），发表于 1844 年。

亡的白雪制服，而蜘蛛艺术家的艺术缝纫则是用一根单一的自我培养的和自我发展的珍珠纱线将碎片整合起来。自杀式的缝纫是一种刺伤或刺穿，就像"扎偏了的针"。艺术的缝纫则具有预见性和治愈性，是"及时的缝合"。刺穿、伤害，自杀式的缝纫不只是缝合，也是进一步的撕裂。而治愈性的艺术的缝纫则是一座桥梁……但是"我感到在我思维里有一种劈裂"中的劈裂和"这道陷坑，亲爱的"[1]中的陷坑，都被艺术那神奇的缝纫活儿严丝合缝地缝合在一起，得以修补。

（《阁楼上的疯女人》，第 639 页）

这位蜘蛛艺术家是谁？不是我的艾米莉·狄金森。这是诗歌，不是生活，更不是缝纫。一百多年前，狄金森在她那册伊丽莎白·巴雷特·勃朗宁的《奥罗拉·利》[2]上，给下面的段落作了标记：

---

1 引自狄金森的两首诗作：《我感到在我思维里有一种劈裂》（"I felt a cleaving in my mind"）[J937/F867]；《这道陷坑，亲爱的，在我生命上》（"This Chasm, Sweet, upon my life"）[J858/F1061]。

2 伊丽莎白·巴雷特·勃朗宁（Elizabeth Barrett Browning, 1806—1861）创作的《奥罗拉·利》（*Aurora Leigh*）是一部长篇诗体小说，发表于 1856 年，或许是她最受欢迎的长篇诗歌，描写和探索女作家如何在艺术创作和爱情生活之间达成平衡。

顺便一提

女人的工作是象征性的。

我们缝啊缝，手指刺痛，眼睛干涩，

创造出什么？一双拖鞋，先生，

你累了可以穿上——或是一个矮凳

随时翻倒，惹你气恼……"倒霉凳子！"

或充其量，一个垫子，让你靠在上面

睡去，梦想一些我们现在没有

但将来会有之物，为了你。唉，唉！

这个最伤人，这个——毕竟，我们有回报

我们的工作价值，或许。

（《奥罗拉·利》，3，11.455—469）

　　这位用珍珠纱线纺织的蜘蛛女（Spider-Woman），在她的诗作中使用小短线而不是通常的标点符号，在这里被描述为"手稿本比印刷本更整洁、更优雅……小而清晰……细腻的思想将分裂的思想连接在一起，主题对接主题"，[1]她是一位痴

---

1 这里指上文提到的《阁楼上的疯女人》，引文见原书第641页。

迷、孤独、不妥协的艺术家，如塞尚。跟他一样，她也因其作品的激进特性而被同代人忽视和误解。在这位蜘蛛生活的年代，有许多"女诗人"（poetess）的作品广为流传。

* * *

华莱士·史蒂文斯（Wallace Stevens）说"诗歌是学者的艺术"。对某些人来说是的，对狄金森来说亦如此。对于 19 世纪她那个阶层的女性来说，学者这个词意味着权力。这个词意味着封闭排外的俱乐部。学者是"他者"（other），学者是男性。在维多利亚时代新英格兰中上层阶级的世界里，男人们在知识分子的广阔天地里指指点点、侃侃而谈，而女人则坐在客厅或演讲厅里聆听。像伊丽莎白·巴雷特·勃朗宁和乔治·艾略特[1]这样的女性是罕见的例外，她们敢于超出"女士的希腊语，不带重音"的限制[2]，因而饱受不安全感的

---

[1] 乔治·艾略特（George Eliot, 1819—1880），原名玛丽·安·埃文斯（Mary Ann Evans），英国 19 世纪杰出的小说家和批评家，代表作如长篇小说《米德尔马契》等；艾米莉·狄金森对她的作品和生平始终充满极大的敬意和热情。

[2] 引自《奥罗拉·利》（2.76—77）。这里指小说中的女主人公写在诗集边上的希腊语被男主人公罗姆尼称作"女士的希腊语"，其原始出处是丁尼生的《公主》。

折磨。

如果说"学者"是一个不确定的词语，那么"爱"则更不确定。在19世纪，感官享乐常常给女性带来悲剧。各个阶层、各个国家的妇女都有可能死于分娩或分娩后的感染。即使母亲活了下来，她的孩子往往也活不长。1861年至1870年间，八分之七的英国婴儿活不过第一年，还有相同比例的婴儿在一岁至五岁之间夭折。在美国，这骇人听闻的统计数字基本相似。儿童夭折的阴影笼罩着每一个家庭。不确定的对立关系——爱与死；对于男人来说，二者的融合是形而上的和隐喻性的。几个世纪以来，西方文学传统中的比喻修辞和巧妙的双关语将它们的含义婚配在一起。婚礼。生殖。谁是创造者？何时创造？以下诗歌相互配合，演绎了一幕家庭内部力比多失调的场景：

他 [1]

我仿佛看到了去世不久圣徒般的妻

回到了我身边，像阿尔塞斯蒂斯从坟墓

---

[1] 这里，作者使用了"他"的大写形式"HE"，指男性。下文使用了"她"的大写形式"SHE"，指女性。

被尤比特伟大的儿子用强力从死亡中救出，

　　苍白而虚弱，交给了她的丈夫，使他欢喜。

我的妻，由于古戒律规定的净身礼

　　而得救，洗净了产褥上斑斑的玷污，

　　这样的她，我相信我还能再度

　　在天堂毫无障碍地充分地瞻视，

她一身素服，纯洁得和她心灵一样，

　　脸上罩着面纱，但我仿佛看见

　　爱、温柔、善良在她身上发光，

如此开朗，什么人脸上有这等欢颜。

　　但是，唉，正当她俯身拥抱我的当儿，

　　我醒了，她逃逸了，白昼带回了我的黑天。

　　　　　　　　　（约翰·弥尔顿，《悼亡妻》[1]，1658 年）

SHE

This Chasm, Sweet, upon my life

1　约翰·弥尔顿（John Milton, 1608—1674）的第一位妻子玛丽 1652 年
死于第四个孩子出生后的并发症。1656 年弥尔顿娶第二位妻子凯瑟琳，
1658 年她在生下女儿不到四个月后去世。中译本参考杨周翰译本，见杨
周翰《十七世纪英国文学》，北京大学出版社，1996 年。

I mention it to you,

When Sunrise through a fissure drop

The Day must follow too.

If we demur, it's gaping sides

Disclose as 'twere a Tomb

Ourself am lying straight within

The Favorite of Doom.

When it has just contained a Life

Then, Darling, it will close

And yet so bolder every Day

So turbulent it grows

I'm tempted half to stitch it up

With a remaining Breath

I should not miss in yielding, though

To Him, it would be Death –

And so I bear it big about

My Burial – before

A Life quite ready to depart

Can harass me no more –

她

这道陷坑，亲爱的，在我生命上
我向你提及它，
当日出穿过一个裂缝坠落
白昼必紧随其后。

我们若抗辩，它裂开的边缘
就会张开如坟墓
我们自己直挺挺躺在其中
成为厄运的爱宠。

当它刚刚容纳了一个生命
之后，亲爱的，它将合上
日复一日竟愈发大胆
如此汹涌地疯长

我几乎禁不住想把它缝上

用残存的一点呼吸

我不会因屈从而缺失，尽管

对他而言，那将是死亡－

于是我容忍它继续变大

直至我的葬礼－来到

一个准备离去的生命

不会再将我骚扰－

狄金森，1863 年

（J858/F1061）

在 1864 年，婚姻是"祝颂"（Epithalamion）[1] 还是"诱捕"（entrapment）？死亡是安抚的母亲还是獒犬般的父亲？敬畏即自然？毁灭即一切根基的开端？词语会逃脱其意义吗？定义定义。

---

1 "祝颂"（Epithalamion）本义为"祝婚曲"，专门为新娘赴洞房而作，从古典时代以来一直很受欢迎。罗马诗人卡图卢斯（Catullus）曾写过一首著名的《祝婚曲》，译自萨福（Sappho）的一部现已失传的作品，或者至少是受其启发而作。

1864]   Love – is anterior to Life –

Posterior – to Death –

Initial of Creation, and

The Exponent of Earth –

爱 – 先于生 –

后于 – 死 –

创生之始，以及

尘世的动因 –

（J917/F980）

创生之始。太初有言。对立关系；误判——双重意义和
不确定。

提泰妮娅　可是她，一个凡人，因产下这男孩而
　　　　　死去，……
昆斯　　　天哪，波顿，天哪！你变形啦。
　　　（《仲夏夜之梦》，第 2 幕第 1 场 & 第 3 幕第 1 场）

That Distance was between Us

That is not of Mile or Main –

The Will it is that situates –

Equator – never can –

我们之间的距离

不是英里或大陆 –

而是意志横亘其中 –

赤道 – 绝对做不到 –

（J863/F906）

一个女人的思维与一个男人的同步吗？逻辑学的目的是什么？

1858年至1860年间，艾米莉·狄金森成为我们目前所知的诗人。为了这个北方的意志：成为我——自由挖掘和拷问定义，我们应召去完成的第一件劳作就是清扫"诗歌对于女性就是刺绣"这一有害观念。

*　　*　　*

身份与记忆

That sacred Closet when you sweep –

Entitled "Memory" –

Select a reverential Broom –

And do it silently.

'Twill be a Labor of surprise –

Besides Identity

Of other Interlocutors

A probability –

August the Dust of that Domain –

Unchallenged – let it lie –

You cannot supersede itself

But it can silence you –

当你清扫那神圣的壁龛 –

名为"记忆" –

选择一把虔敬的扫帚 –

默默地进行。

那将是一种惊喜的劳作 –

除了身份辨认

还有其他对话者

一种可能性 –

八月那个领地的灰尘 –

不受挑战 – 随它安卧 –

你无法取代它自身

它却能让你沉默 –

（J1273/F1385）

　　这是一首关于"记忆"的诗，还是一首关于美国女性创作英语诗歌之身份的诗？狄金森的许多诗歌都关乎写作过程，然而就连大卫·波特（David Porter），一位最深思熟虑的狄金森评论家，都指责她缺乏"诗艺"（ars poetica）。对于任何诗人来说，身份和记忆都是至关重要的。对于女性而言，这一领域仍是令人生畏的空白。我如何从他人的符码中选择信息，以便参与语言的普遍主题，从"他"（HE）的无数的象征符号和视线中把"她"（SHE）提取出来。艾米莉·狄金森不断在她的诗作中提出这个问题。

In lands I never saw – they say

Immortal Alps look down –

Whose Bonnets touch the firmament –

Whose Sandals touch the town –

Meek at whose everlasting feet

A Myriad Daisy play –

Which, Sir, are you and which am I

Upon an August day?

在我从未见过的土地 – 他们说

不朽的阿尔卑斯山脉俯视 –

它们的软帽触及苍穹 –

它们的便鞋触及城市 –

温顺地在它们永恒的脚下

无数的雏菊在嬉戏 –

哪个是你，先生，哪个是我

在八月的某一日？

（J124/F108）

　　这是一首关于写诗的诗，还是一种宇宙猜想？时间的空
间是否在不断变化？

Staking our entire Possession

On a Hair's result –

Then – Seesawing – coolly – on it –

Trying if it split –

赌上我们的全部财产

在一根头发的结局上 –

然后 – 在上面 – 玩跷跷板 – 冷冷地 –

试试它是否会断 –

（J971/F838）

斯宾塞把"易变性"（Mutability）比作一个女人。[1]赌注和跷跷板。如果你是一个有抱负的人，又受过女性教育，那么，所谓在悬崖边上保持平衡以免坠入愚蠢，往往意味着开口说话会面临的危险。有一次拉尔夫·爱默生在隔壁哥哥家做客，艾米莉·狄金森选择留在家里。一个未被选中的美国女性独自在家、独自选择。美国作家们在虔敬地清扫英国知识界的灰尘。温顺地，这无数的美国雏菊在谁的脚下玩耍？头上是八月骄阳，脚下是新英格兰夏日的灼热。"沙拉的日子，当我的判断尚且青葱……"[2]已逝的奥古斯都[3]那沉默的判断可能会对你提出挑战，如果你对它挑战。权威与可能[4]……徘徊于各种修辞地带，世界被书本过滤——*而我和寂静，某个奇异的种族——失事落难，在这里，孤零零*[5]——**我（I）、代码（CODE）和庇护所（SHELTER）**，明里一套暗里一

---

1 见埃德蒙·斯宾塞（Edmund Spenser, 1551—1599）的长诗《仙后》（"The Faerie Queene"）的补充章节（可能属于第七章），死后才发表。

2 引文出自莎士比亚《安东尼与克里奥佩特拉》（第 1 幕第 5 场），出自埃及女王之口，她以"沙拉的日子"即少不更事的时期，来描绘自己当初与凯撒共度的时光。

3 这里，作者动用了一语双关的手法，"八月"与"奥古斯都"（罗马帝国的皇帝，后成为权威君主的代名词）写法相同：August。

4 权威（might）与可能（might）二词的写法和读音完全相同，构成一语双关。

5 这里引用了狄金森的诗句，见《我感觉一场葬礼在我的大脑》（"I felt a funeral in my brain"）[J280/F340]。

套。一个美国女人，有着普罗米修斯般的雄心壮志，可能比任何人都更清楚，如何让奥古斯都的痕迹（灰尘的领地）安卧在那里。

*　　*　　*

The look of the words as they lay in the print I shall never forget. Not their face in the casket could have had the eternity to me. Now, *my* George Eliot. The gift of belief which her greatness denied her, I trust she receives in the childhood of the kingdom of heaven. As childhood is earth's confiding time, perhaps having no childhood, she lost her way to the early trust, and no later came. Amazing human heart, a syllable can make to quake like jostled tree, what infinite for thee?

那些文字印在纸页上的样子我永远不会忘记。[1] 并非它们在匣子里的面容对我来说可能拥有永恒。现在，*我的乔治·艾略特*。这信仰的礼物，因她的伟大而否决

---

1 这里指报纸上乔治·艾略特离世的消息。

了她，我相信她会在天上的王国的童年里获得它。童年本是人世间的信任期，也许没有童年，她当时找不到起初的信任，后来也没有出现。奇妙的人心啊，一个音节就能让它颤抖如树木摇动，何等无限，为了你？

（L710）

狄金森在报纸上看到乔治·艾略特——她最喜爱的一位作家——去世的消息，给两个诺克洛斯表妹写信道出了上面那段话。此前她曾这样评价乔治·艾略特："她就是哥伦布当时想寻找的通往印度的小径。"（L456）这位女哥伦布穿越一片海图上从未标注的虚构的海洋，在乔治·艾略特身上发现了什么，竟使她成为通往印度的小径，而不是她自己的同胞中的两位女性，哈丽雅特·比彻·斯托[1]或玛格丽特·富勒[2]，甚至也不是她的榜样诗人伊丽莎白·巴雷特·勃朗宁。

乔治·艾略特（玛丽·安·埃文斯）成长于一个严格

---

[1] 哈丽雅特·比彻·斯托（Harriet Beecher Stowe，1811—1896），美国19世纪小说家，她的小说《汤姆叔叔的小屋》触动了时代的脉搏，受到广泛关注。

[2] 玛格丽特·富勒（Margaret Fuller，1810—1850），美国19世纪超验主义作家中的杰出代表，她的著作《女性在19世纪》（1843年首次发表于《日晷》），被誉为美国第一部重要的女权主义著作。

的福音派家庭。后来，她拒绝去教堂，她的家人把这种反抗看得非常严重。家人的反对让她承受了巨大的精神痛苦，但她始终是一个不可知论者，尽管她对宗教动机的力量深表同情，并迷恋宗教史。乔治·艾略特顽强地坚持自学，但很晚才接受作为一个小说家的召唤。即使她的声誉在有生之年已达到文学界的巅峰，她始终维护她坚定不移的怀疑论，这种怀疑论是如此强大，竟迫使她毫不手软，一而再地让她最有魅力的女主人公出乖露丑。乔治·艾略特是一位杰出的学者、语言学家和评论家；但她笔下虚构的学者在语言的荒原上徜徉，遇到的只是颠倒的和虚假的定义。艾略特一反维多利亚规范，公开与有妇之夫同居。她对受教育女性被置于双重束缚之中而感到愤愤不平，因为她们有智识上的抱负，却被取消了追求智识的动力，拘囿于仆人／母亲的角色，受制于男性文化。乔治·艾略特认为两性拥有不同的声音，她蔑视那些被男性冻结为文学模子的女人。

通过一种特殊的温度调控器，遇到一个才华为零的女人，新闻界的赞许就会达到沸点；若是她达到中庸水准，新闻界的赞许不会高于夏日的酷热；如果她的才华达到卓越的高度，批评的热情就会降至冰点。

哈丽雅特·马丁诺[1]、柯勒·贝尔[2]和盖斯凯尔夫人[3]受到浮皮潦草的对待就好像她们原本就是男人。……在大多数女性作品中，你都能看到因缺乏高标准而产生的那种特别装置；那种低能的组合或无力的模仿，只要稍加自我批评，就会被遏制并缩减，最后一无所剩……

令人欣慰的是，我们并不依赖于辩论来证明，在小说这个文学门类里，女性可以，按其本性，完全与男性平等。一大批伟大作家的名字，在世的和已故的，一瞬间即涌现于我们的记忆中，这证明女性不仅可以创作出优秀小说，而且是其中最优秀的小说——而且，具有一种珍贵的特殊性，迥异于男性的天赋与经验。任何教育限制都无法将女性拒之于小说素材之外，也没有任何一种艺术可以如此自由地摆脱严格的要求。正如结晶体，虽形态有别，但依然美丽；我们只需注

---

1 哈丽雅特·马丁诺（Harriet Martineau, 1802—1876）英国社会理论家，被誉为第一位女性社会学家。

2 柯勒·贝尔（Currer Bell），勃朗特三姐妹第一次发表她们的诗集作品时采用的一个中性笔名。

3 盖斯凯尔夫人（Mrs. Gaskell, 1810—1865），全名伊丽莎白·盖斯凯尔（Elizabeth Gaskell），英国小说家和传记作家。

入正确的元素——真正的观察力、幽默和激情。

（《女小说家的傻小说》[1]，第 322—325 页）

爱默生说，美国学者"必须是一个发明家，才能成为好读者……谁想把印度的财富带回家，就必须把印度的财富带出去"[2]。与乔治·艾略特和伊丽莎白·巴雷特·勃朗宁隔海相望的艾米莉·狄金森就是一个孤绝的、发明创造的她（SHE）和美国人。"孤绝"（isolation）这个词在 19 世纪的英国和美国，拼写方式相同，但相似之处仅止于此。坡、梅尔维尔和狄金森都知道比较的虚假性。后来还有史蒂文斯和奥尔森——万事皆向无边无际的西部敞开。祖先的主题童年被抛向未知的记忆。

Four Trees – upon a solitary Acre –

Without Design –

Or Order, or Apparent Action –

Maintain –

---

1 《女小说家的傻小说》(*Silly Novels by Lady Novelists*)，乔治·艾略特的一部小说评论集，发表于 1856 年。

2 引文见爱默生的散文《美国学者》，发表于 1838 年。

The Sun – upon a Morning meets them –

The Wind –

No nearer Neighbor – have they –

But God –

The Acre gives them – Place –

They – Him – Attention of Passer by –

Of Shadow, or of Squirrel, haply –

Or Boy –

What Deed is Their's unto the General Nature –

What Plan

They severally – retard – or further –

Unknown –

3. Action] signal – /notice

4. Maintain] Do reign –

13. is Their's] they bear

15. retard – or further] promote – or hinder –

四棵树 – 在一片孤零零的土地上 –

没有设计

没有秩序，或明显的动作 –

他们保持 –

太阳 – 在一天早上与他们相遇 –

还有风 –

他们没有什么 – 更近的邻居 –

除了上帝 –

那土地给他们 – 地方 –

他们 – 给他 – 过客的关注 –

影子，或松鼠，也许 –

或男孩子 –

对于大自然他们有什么作为 –

什么计划

他们各自 – 延缓 – 或增进 –

未可知 –

（J742/F778）

3. 动作〕信号 –/ 告示

4. 保持〕统治 –

13. 是他们的〕他们承受

15. 延缓 – 或增进〕促进 – 或阻碍 –

这是观"虚空"的过程，没有设计和规划，在冬天的空白，或夏天的烈焰中，孤独无邻。这是荒野。大自然并非什么安抚的母亲，大自然是毁灭，在酝酿中。

*　　　*　　　*

艾米莉·狄金森从那个时代的许多聪明女性必将日益反感的男女有别的"高等"女性教育中汲取一些残羹剩饭，将其与贪婪的且"非淑女"的课外阅读结合起来，并加以组合利用。那种自信的男性声音发出嗡嗡嗡的话语，诱人而难以接近，她因被永远留在知识的边缘地带而有受挫之感，她从中建立了一种新的诗歌形式，穿越历史回到原住民的神秘理想。这位"躲进庇护所"的女性独辟蹊径，从别处汲取了几何学、地质学、炼金术、哲学、政治学、传记、生物学、神话学和语言学的各种碎片，大无畏地发明了一种以谦卑和犹豫为根基的新语法。"犹豫"（HESITATE）源自拉丁语，意为卡壳。结结巴巴。犹疑不决，难以开口。"他可以停顿，但绝不能犹豫"——罗斯金[1]。在那个咄咄逼人的工业扩张时代和野蛮的缔造帝国的自信时代，犹豫回旋在每个人的周围。犹豫与分离。内战将美国一分为二。**他**可能会停顿，而**她**犹豫不决。性别、种族和地域的分离是"定义"的核心。悲剧的和永恒的二分法——如果我们关注的是最深层的"现实"，那么这个想象的世界对男人和女人来说是一样的吗？当我们犹豫和沉默时，是什么声音在移动中与我们相遇？

The Spirit is the Conscious Ear.

We actually Hear

When We inspect – that's audible –

That is admitted – Here –

For other Services – as Sound –

There hangs a smaller Ear

---

1 引自约翰·罗斯金《建筑的七盏灯》，关于建筑师的决断力。

Outside the Castle – that Contain –

The other – only – Hear –

5. Services] purposes

6. smaller] minor

7. Castle] Centre – /City

7. Contain] present –

精神是意识之耳

我们确实倾听

当我们审视 – 它清晰可闻 –

在这里 – 被承认 –

对于其他服务 – 如声响 –

挂着另一个小型的耳朵

在防护的城堡 – 外面 –

这另一个 – 只用来 – 听 –

（J733/F718）

5. 服务］用途

6. 小型的] 次要的

7. 城堡] 中心 –/ 城市

7. 防护] 存在 –

我在冷漠的中心感受我自己的自由……自由权在摇摆。可能性的凝缩，拉紧，以至反弹。权威与可能……类比的神秘启示……人类本能地认为任何词语都可能意味着它的对立面。对立面那种吸引和融合的神秘趋势。*我们都在犹豫，一个受过火的洗礼的灵魂在歌唱。*

      In many and reportless places

      We feel a Joy –

      Reportless, also, but sincere as Nature

      Or Deity –

      It comes, without a consternation –

      Dissolves – the same –

      But leaves a sumptuous Destitution –

      Without a Name –

Profane it by a search – we cannot

It has no home –

Nor we who having once inhaled it –

Thereafter roam.

6. Dissolves] abates – /Exhales –

7. sumptuous] blissful

9. a search] pursuit

11. inhaled it] waylaid it

在许多默默无闻之地，

我们感到一种欢喜 –

欢喜亦默默无闻，但真切如自然

或如神祇 –

它前来，不惊不惧 –

它消解，不惧不惊 –

却留下一种奢华的赤贫 –

无以名之 –

我们无法－因搜寻而亵玩之

它居无定所－

我们亦然－一旦将它吸入肺腑－

从此永远漂泊。

（J1382/F1404）

6. 消解］消除 －/ 散去 －

7. 奢华的］极乐的

9. 一种搜寻］索求

11. 将它吸入肺腑］将它伏击

在这片从《创世记》中失落的荒原，神经末梢震颤。赤裸裸的感性处于极限的边缘。叙事在扩大着收缩着溶解着。越接近反而所知越少，在抵达总数之前分崩离析。没有等级，没有极性概念。对物体的感知意味着松开它和失去它。追寻以失败告终，没有胜利的和虚假的追寻者。一个答案否定另一个答案，虚构是真实。信任缺席、寓言、神秘——落日而非旭日才是美。诗歌没有标题或编号。那会强加秩序。她缝制的诗稿册都没有标题。没有加工的印刷品。没有外来的编辑／"强盗"。常规的标点符号被废除，不是为了增加"考究的针线活",而是为了减少任意的权威性。小短线自由穿插于每首诗的结构中间。息声、暂停,为了喘气,为了呼吸。在革命与重估的经验主义的领地,词语处于危险之中,正在溶解……只有可变性是确定的。

I saw no Way – The Heavens were stitched –

I felt the Columns close –

The Earth reversed her Hemispheres –

I touched the Universe –

And back it slid – and I alone –

A Speck upon a Ball –

Went out upon Circumference –

Beyond the Dip of Bell –

我看不到路 – 天堂被缝上了 –

我感到门柱闭合 –

地球颠倒了她的两个半球 –

我触摸宇宙 –

它向后滑去－我孤零零－

一颗球上的一个斑点－

掉出来－落到圆周上－

在钟的弧度之外－

（J378/F633）

＊ ＊ ＊

Did you ever read one of her Poems backward, because the plunge from the front overturned you? I sometimes (often have, many times) have – A something overtakes the Mind –

(Prose Fragment 30)

你是否曾倒着读过她的一首诗，因为从正面往里冲把你掀翻了？我有时会（经常，很多次）－有一物攫住了心神－

（散文片段 30）

We must travel abreast with Nature if we want to know her, but where shall be obtained the Horse –

A something overtakes the mind – we do not hear it coming

(Prose Fragment 119)

我们必须与大自然并驾齐驱，如果我们想了解她，
但是哪里能弄到那匹马 –

有一物攫住了心神 – 我们没听到它前来

（散文片段 119）

这两个片段是艾米莉·狄金森去世后从她的遗物中发现的，为我们揭示她的创作过程提供了线索。"她的"是伊丽莎白·巴雷特·勃朗宁的还是艾米莉·勃朗特的，这无关紧要。有趣的是，她在与文字的偶遇中发现了意义。向前行进的脚步被中断、被颠倒。意义产生于暗示之后。杰伊·莱达（Jay Leyda）的《艾米莉·狄金森的岁月与时光》(*The Years and Hours of Emily Dickinson*)和理查德·休厄尔的审慎而深入的研究之作《艾米莉·狄金森传》(*Life of Emily Dickinson*)是获取她宝贵的生活资料的来源，但是若想了解她的写作，需要通过她本人的阅读。这种研究对大多数等量级的男性诗人来说早已是标准配置，但对狄金森来说最近才刚刚起步。露丝·米勒（Ruth Miller）和乔安妮·费特·迪耶尔（Joanne

Feit Diehl）就这一主题撰写了深思熟虑、深入透彻的研究著作。阿尔伯特·捷尔比（Albert Gelpi）的《艾米莉·狄金森与猎鹿人：美国女诗人的窘境》（*Emily Dickinson and the Deerslayer: The Dilemma of the Woman Poet in America*）篇幅太短，但它开启了一个重要问题，关于文学影响，比如像詹姆斯·费尼摩尔·库柏这样的美国作家对她的诗歌，尤其是对那首关键诗作《我的生命伫立 – 一杆上膛枪 –》（"My Life had stood – a Loaded Gun –"）的影响。我尝试进一步拓展他的想法，从《猎鹿人》延伸到其他"皮裹腿"系列小说[1]。拉尔夫·富兰克林最近出版的狄金森诗歌手稿影印本终于向读者展示了狄金森本人对其诗作以什么顺序被阅读的特殊意图。但是，大量无聊的书籍和文章仍无视这位伟大作家的创作过程。难道是因为一个完全拥有自己声音的诗人—学者不符合那个传说？不符合那个关于狄金森经受了被剥夺的打击且具有情感障碍的传说？在约翰·科迪（John Cody）那部应受谴责的传记性精神分析之作《剧痛之后》（*After Great*

---

1 "皮裹腿"（Leatherstocking）系列小说，有时译作"皮袜子故事集"，是库柏的代表作，由五部作品构成，发表于 1827—1841 年期间，故事的背景是 18 世纪纽约中部地区的印第安土著，主要是早期易洛魁部落（Iroquois）的历史，以《猎鹿人》（*Deerslayer*）和《最后的莫希干人》（*The Last of the Mohicans*）最为著名。

Pain）等书籍的推波助澜之下，多年来这个传说一直被涂抹加工、不断放大。《剧痛之后》是对一位伟大诗人的强奸。桑德拉·吉尔伯特和苏珊·古巴尔继续吸取他的结论，尽管是可疑的且大大简化的结论，她们甚至在某些地方似乎认同他的观点，这令人遗憾地说明，诗人的生平继续被庸俗化，这迎合了大众的情绪，想当然地认定她们就是社会上的傻瓜和疯女人。

*   *   *

To recipient unknown   *about 1861*

Master.

If you saw a bullet hit a Bird – and he told you he was'nt shot – You might weep at his courtesy, but you would certainly doubt his word.

One drop more from the gash that stains your Daisy's bosom – then would you *believe*? ...

(L233, from second "Master" letter)

致不明收信人   约 1861 年

主人：

如果您看见一颗子弹击中了小鸟－而他告诉您他
没中枪－您也许会为他的善意而流泪，但您不能不怀
疑他的话。

一道深长的伤口，又一滴鲜血浸染了您的雏菊的
胸脯－然后您才相信吗？……

（L233，引自第二封"主人"书信[1]）

日日夜夜，

我为有节律的思考劳作，不懈耕耘

无论守望或昏睡，一条条与季节

不合拍的漫长生命线。玫瑰

从我的双颊滑落，双眸环视

沿着蓝色的阴影轨道，我的脉搏

顺着紫色动脉的手腕颤抖

---

1 根据后来狄金森学者的考订，作者这里所引的"主人"书信中的第二封
  和第三封书信先后顺序有错，实际引用的是第三封书信，译文根据原文，
  保留不改。

像一只中弹的鸟。

（《奥罗拉·利》，3，11.272—279）

"你一定会在大学里获得高级学位，斯蒂福斯，"我说，"如果目前还没有的话。他们会理所当然以你为荣的。"

"我得学位！"斯蒂福斯叫了起来，"我才不呢！我亲爱的雏菊——我叫你雏菊，你不介意吧？"

"一点也不！"我说。

"这才是好伙伴！我亲爱的雏菊，"斯蒂福斯笑着说，"我压根儿就不想，也没有打算在这方面出人头地。为了我的目标，我已经做得够多了。我觉得，像我现在这个样子，已经够沉重的了。"

"可是名声——"我刚要开口说下去。

"你这朵天真烂漫的雏菊！"斯蒂福斯说，笑得更厉害了，"我为什么要自找麻烦，让一群头重脚轻的家伙瞪着我、为我举手？让他们去对别人搞这一套吧。名声是给那种人的，尽管让他们拿去好了。"

（《大卫·科波菲尔》，第20章）

在狄金森的遗稿中发现了三封神秘的"主人"书信，写于19世纪60年代初，没有任何证据表明，这几封创作于诗人高峰期的书信确曾寄给任何人。这些书信已经激发了大量讨论，总是围绕收信人的可能身份展开。我们应该更多地关注这些信件的结构，包括对《奥罗拉·利》和《大卫·科波菲尔》中的观点、措辞和意象的直接使用；意象通常来自两个虚构人物，即巴雷特·勃朗宁诗歌中的玛丽安·厄尔（Marian Earle）和狄更斯小说中的小艾米莉，她们两位都是"堕落的女人"。狄金森颇为喜爱查尔斯·狄更斯的作品，这一点确实有据可查，但还不够充分。这是一个庞大而引人入胜的话题，首先是他们姓氏的偶然相似，而且两位作家都很痴迷于伪装的和寓意的命名。特别是狄金森写给塞缪尔·鲍尔斯 [1] 的信中，对狄更斯笔下的人物和段落的直接引述比比

---

1 塞缪尔·鲍尔斯（Samuel Bowles, 1826—1878），记者、作家、社会改革家，《春田共和党人报》(*Springfield Republican*) 的业主和编辑。鲍尔斯与狄金森全家结下深厚友情，与奥斯汀和苏珊夫妇保持多年的密切往来。长期以来，一直有一种观点认为，鲍尔斯是艾米莉·狄金森浪漫爱情的对象，是她的三封神秘的"主人"书信的收信人，但这只是一个推测，没有任何确凿的证据。《春田共和党人报》，1824年由塞缪尔·鲍尔斯的父亲创立，起初是一份乡村周刊，1844年改为日报。鲍尔斯接手主编后，以自己的热情、胆量和社交能力，把一个死气沉沉的地方小报变成了当时全美最有影响力的报纸之一。狄金森家常年订阅这份报纸，艾米莉是热情的读者。

皆是。这里限于篇幅只提几个应和之点。在《奥罗拉·利》中，玛丽安·厄尔描述了她对罗姆尼（Romney）的热情：

> 她告诉我，她曾双膝跪倒地爱过，
> 犹如其他人祈祷，而且更加全身心
> 投入，无论行动还是灵感。感他之
> 所感，为他所用，绝非为她自己——
> 他的凳子，用来安放或撑起他的脚，
> 他的杯子，用来盛装酒水或醋汁，
> 只要哪种饮料能为他时不时助兴，
> 因为这总能让他愉悦：任他涂写
> 他的名字在她身上……似乎自然而然；
> 最为珍贵无比，矗立在他的书架上，
> 等待他何时乐意抬起他的手。

（《奥罗拉·利》，6，11.904—905）

在《大卫·科波菲尔》中，小艾米莉在与斯蒂福斯私奔后写过三封支离破碎的恳求信，分别写给她的家人、汉姆，可能还有主人（Master）即戴维／大卫／雏菊（Davy/David/

Daisy）[1]——信上从未直接指明收信人，也没有署名：

哦，但愿你能知道，我是如何肝肠寸断！但愿你能明白我有多难过，我如此辜负了你，我是你永远不能原谅的！我竟如此邪恶，以至不值一提。哦，你就想想我有多坏以求得一点安慰吧。哦，求你啦，请转告舅舅，我现在爱他远超过从前的双倍。哦，请不要念念不忘你们所有人过去对我是多么宠爱有加，对我多么好——请不要念念不忘我们本来是快要成亲的一对——请尽量想象，我打小就死掉了，早已埋在什么地方了……求上帝保佑大家！我会常常为你们大家祈祷，双膝跪下。

（《大卫·科波菲尔》，第31章）

To recipient unknown   *early 1862 (?)*

Oh, did I offend it – ... Daisy – Daisy – offend it – who

---

1 大卫·科波菲尔是小艾米莉及其家人的少东家或少爷，因此从名分上，他属于他们的"主人"。他的名字"大卫"（David/Davy）与雏菊（Daisy）读音相近。

bends her smaller life to his (it's) meeker (lower) every day –
who only asks – a task – [who] something to do for love of it –
some little way she cannot guess to make that master glad – ...

Low at the knee that bore her once unto [royal] wordless
rest [now] Daisy [stoops a] kneels a culprit – tell her her
[offence] fault – Master – if it is [not so] small eno' to cancel
with her life, [Daisy] she is satisfied – but punish [do not] dont
banish her – shut her in prison, Sir – only pledge that you will
forgive – sometime−before the grave, and Daisy will not mind
– She will awake in [his] your likeness.

(L248, from third "Master" Letter)

致不明收信人   1862 年早期（？）

啊！我冒犯了它 –……雏菊 – 雏菊 – 冒犯它 – 她
弯曲着她小小的生命，朝向他的，一日比一日更柔
（更低）– 她只求 – 一个任务 – 为爱它有点事情可做 –
她无以揣测的某种能让主人高兴的小小的方式 –……

低伏在那膝前，那膝曾一度带给她［高贵的］无
言的安宁［现在］雏菊［俯身］跪下一个罪人 – 告诉

她她的［冒犯］罪过－主人－是否罪过［不那么］够
轻，可以随她的生命一同抵消，［雏菊］她就心满意
足－但求惩罚［不］不要放逐她－把她关进监牢，先
生－只是求您发誓您会宽恕－在某个时刻－在墓前，
雏菊将不会介意－她会以［他的］您的样子醒来。

（L248，引自第三封"主人"书信）

　　我们的注意力应该投向狄金森出色的面具手法和揭开面
纱的艺术，她如何享受这谢罪书般的戏剧之乐。这三封书信
绝非一个受挫被拒的女人写给某个匿名"主人"—情人的歇
斯底里的密语，而更可能是一种自觉的散文练习，一个作家
与他人一起游戏、倾听他人和向他人学习之作。

＊　　＊　　＊

The Martyr Poets – did not tell –

But wrought their Pang in syllable –

That when their mortal name be numb –

Their mortal fate – encourage Some –

The Martyr Painters – never spoke –

Bequeathing – rather – to their Work –

That when their conscious fingers cease –

Some seek in Art – the Art of Peace –

3. name] fame

8. Some] Men –

殉难诗人 – 并不诉说 –

只是将苦痛锻造为音节 –

当他们必死的名字喑哑 –

他们必死的命运 – 激励某些来者 –

殉难画家 – 从不发言 –

而是 – 把遗赠 – 留给作品 –

当他们清醒的手指停下 –

有些人在艺术里寻找 – 和平之道 –

（J544/F665）

3. 名字] 名声

8. 有些人] 人们 –

从某种意义上说，任何一首诗的主题都是作者写作时的心灵状态，但艺术家的生活事实永远无法解释这位艺术家的真相。一流的诗歌和诗人始终是神秘的。艾米莉·狄金森的生活是语言，词典是她的风景。隐藏与揭示之间的必不可少的区分是其作品的精髓。

* * *

因为一滴眼泪是一种智慧之物；
一声叹息是一个天使之王的宝剑
一个悲哀的殉道者痛苦的呻吟
是一只全能上帝之弓射出的箭！

（布莱克[1]，《耶路撒冷》，第2章"致神祇"）

她的智性的良知

绝不能低估。一滴眼泪是一种有智性的东西。朋友们因

---

1 布莱克（William Blake，1757—1827），英国诗人，画家，英国浪漫主义文学的早期代表。《耶路撒冷：巨人阿尔比恩的显灵》(*Jerusalem: The Emanation of the Giant Albion*，1804—1820）是一部长篇启示录，也是布莱克的最后一部作品。

误解狄金森追求简洁的强烈愿望而提出的最糟糕的建议，她置若罔闻，她从自己的阅读中发现最好的，她自会取用。她的才华是合成的；她利用其他作家，从"存在"那令人困惑的呓语中，她随时随地抓取稻草。最关键的是，她能化稻草为金子。她与生俱来的同化能力得到了孤独的滋养。无所不吃的采集者也同样有能力加以拒绝。在放弃中发现肯定，并成为（她自己）。在权威之外，古怪而独特。

To T. W. Higginson   *November 1871*

I did not read Mr Miller because I could not care about him – Transport is not urged –

Mrs Hunt's Poems are stronger than any written by Women since Mrs – Browning, with the exception of Mrs Lewes – but truth like Ancestor's Brocades can stand alone – You speak of "Men and Women." That is a broad Book – "Bells and Pomegranates" I never saw but have Mrs Browning's endorsement. While Shakespeare remains Literature is firm –

An Insect cannot run away with Achilles' Head. Thank you for having written the "Atlantic Essays." They are a fine joy

71

– though to possess the ingredient for Congratulation renders congratulation superfluous.

Dear friend, I trust you as you ask – If I exceed permission, excuse the bleak simplicity that knew no tutor but the North. Would you but guide

Dickinson

致 *T. W. 希金森*   *1871 年 11 月*

我没读过米勒先生[1]，因为我无法关心他 – 欣喜是无法强求的 –

亨特夫人[2]的诗比任何一位女性之作都要有力，自从勃朗宁 – 夫人之后，除了刘易斯夫人（乔治·艾略

---

1 杰奎因·米勒（Joaquin Miller，原名 Cincinnatus Heine Miller，1837—1913），美国诗人，边地居民。因创作《希艾拉之歌》(*Songs of the Sierras*, 1871) 而被称作 "希艾拉诗人"（Poet of the Sierras）。希艾拉即希艾拉·内华达（Sierra Nevada）的简称。

2 亨特夫人，海伦·亨特·杰克逊（Helen Hunt Jackson，1830—1885），诗人、小说家。她的小说《雷蒙娜》(*Ramona*, 1884) 描写美墨战争后联邦政府对南加州印第安人的虐待，引起广泛关注，成为当时的畅销书。海伦是艾米莉·狄金森的童年伙伴，因父母早亡，她离开家乡求学、谋生，从此二人中断了联系，后来得益于她们共同的朋友希金森先生，二人重新开始通信交往，直到海伦离世。

特）之外 – 但真理如祖先的锦缎，可以独自站立不倒 – 您提到《男人和女人》，那是一部宽阔的书 – 《铃铛和石榴》我从未见过，除了勃朗宁夫人的赞许。[1] 只要莎士比亚还在，文学就坚不可摧 –

一只昆虫顶着阿喀琉斯的头，它跑不动。谢谢您写了那些"大西洋文章"。它们是一种美好的愉悦 – 虽然一旦占有其祝贺的成分，就使祝贺变为多余。

亲爱的朋友，我信任您，如您所求 – 若是我逾越了许可，请原谅我荒芜单调的简单，它不知导师，只知北方。您可愿指教

狄金森

（L368）

*　　*　　*

杰伊·莱达告诉我们，她在家族收藏的查尔斯·奈特编辑的八卷本《威廉·莎士比亚喜剧、历史剧、悲剧和诗歌》中标注了这段话。

1《男人和女人》(*Men and Women*) 和《铃铛和石榴》(*Bells and Pomegranates*) 都是罗伯特·勃朗宁的诗集。

被抢之人，不想要那被抢之物，

别让他知道，他就根本没被抢。

（《奥赛罗》，第 3 幕第 3 场）

强制、缩写、推动、填充、减法、谜语、审问、重写，她从文本中抽取文本。

*   *

第二部
艾米莉公子来到暗塔

My Life had stood - a
Loaded Gun -
In Corners - till a Day
The Owner passed - identified -
And carried Me away -

And now We roam in
Sovereign Woods -
And now We hunt the Doe -
And every time I speak
for Him -
The Mountains straight reply -

And do I smile, such
Cordial light
Upon the Valley glow -
It is as a Vesuvian face
Had let its pleasure through

And when at Night - Our
good Day done -

I guard My Master's Head -
'Tis better than the Eider-
Duck's
Deep Pillow - to have shared -

To foe of His - I'm deadly
foe -
None stir the second time -
On whom I lay a Yellow
Eye -
Or an emphatic Thumb -

Though I than He - may
longer live
He longer must - than I -
For I have but the power
to kill,
Without - the power to die -

. III . . Com . know . ant

《诗笺》，[1] 第 34 册第 9 首

My Life had stood – a Loaded Gun –

In Corners – till a Day

The Owner passed – identified –

And carried Me away –

And now We roam in Sovreign Woods –

And now We hunt the Doe –

And every time I speak for Him –

The Mountains straight reply –

And do I smile, such cordial light

Upon, the Valley glow –

It is as a Vesuvian face

Had let it's pleasure through –

---

1 "诗笺"，这里特指狄金森手工缝制的诗稿册。从第一代编者开始，学界
一般把这批诗稿册称作 "诗笺"（Fascicles）。缝制诗稿册工作开始于 1858
年，停止于 1865 年。在此期间，狄金森筛选和整理她的诗稿，把它们一
首首工整地抄写在上好的纸张上，然后用针线缝制成小册子，共 40 册，
收入诗作 800 多首。

And when at Night – Our good Day done –

I guard My Master's Head –

'Tis better than the Eider-Duck's

Deep Pillow – to have shared –

To foe of His – I'm deadly foe –

None stir the second time –

On whom I lay a Yellow Eye –

Or an emphatic Thumb –

Though I than He – may longer live

He longer must – than I –

For I have but the power to kill,

Without – the power to die –

5. in] the –

16. Deep] low

18. stir] harm

23. power] art

我的生命伫立 - 一杆上膛枪 -

在角落里 - 直到某一日

主人路过 - 认出了我 -

把我带离 -

于是,我们在主权的丛林游荡 -

于是,我们把母鹿追捕 -

每当我代他说话 -

群山直接应答 -

我开口一笑,光芒何等热烈

闪耀在山谷之上 -

好像维苏威的面孔

将它的喜悦释放 -

入夜 - 当我们过完美好的白昼 -

我守护我主人的头 -

那分美妙胜过分享 - 绒鸭绒的

深枕 -

他的敌人 – 就是我的死敌 –

谁也休想再动一下 –

一旦我的一只黄眼瞄准 –

或强劲的拇指一搭 –

尽管我可能比他 – 活得更久

他却一定活得 – 比我更长 –

因为我只有力量杀戮，

却没有 – 力量死亡 –

（J754/F764，约 1863 年）

5. 在] 这个 –

16. 深] 浅

18. 动] 伤害

23. 力量] 艺术

　　这首诗没有标题。托马斯·约翰逊根据她的笔迹将这首诗的日期定为 1863 年左右。在拉尔夫·富兰克林最近编辑的手稿影印本中，这首诗出自狄金森本人手工缝制的 40 册诗笺中的第34册，在本册18首诗歌中排在第9首。《我的生命伫立－一杆上膛枪－》被放在最中间的位置，可能是偶然，也可能是有意为之。这首诗由六个四行诗节组成，大致押韵但比较松散。[1]采用清教徒文学传统的平实风格，没有复杂的措辞。每个词都看似简单，看似容易定义。但定义，若看而无感，听而无解，只是意义的影子。就像所有关于圣迹的诗歌一样，这首诗仍处于特定解决方案的保护之外。《我的生命伫立－一杆上膛枪－》写于内战时期，作者是一位没有受过多少正规哲学教育的女性，她细致地勾勒亦拒斥了"权力意志"的方方面面，早于尼采的形而上学反叛近二十年。艾米莉·狄金森在思想上的警觉几乎不会让任何东西逃脱她的注意。

* * *

---

1 约翰逊将每节分成四行，狄金森一定知道如果印刷出来就会如此。在她自己的手稿中，断行有些不同。虽然我出于方便而使用约翰逊的编号，但应该记住，她从未给自己的诗作编号。富兰克林编辑的手稿影印本部头很大，狄金森的笔迹往往难以辨认，而且这本书非常昂贵。很少有读者有机会参考此书，这实在令人遗憾，因为要想更清楚地了解她的写作过程，这本书是必不可少的。——原注

这是一首边疆诗。新英格兰的护林员，不羁的朝圣客。当一位先知筚路蓝缕，穿越那条智性的圆周，树木已被她连根拔起。这是一首悲剧诗。一首精炼的先知史诗。悲伤的旋律充满魔力。元音的音高，辅音的节奏，融汇着意义——苦行主义的声音。多年来，我一直想以适当的文字感谢艾米莉·狄金森，感谢她的诗学胆量给我带来的灵感。我希望通过探究一首令人魂牵梦萦之作的类型学和拓扑学，让其他读者也能感知到她非凡的视野。

> 她，敢于成为
> 这些诗行之所欲见；
> 我不再找寻，就是她。

> （理查德·克拉肖，
> 《寄语，献给假定的情妇》[1]）

*　　　*　　　*

---

1 理查德·克拉肖（Richard Crashaw, 1613—1649），英国 17 世纪玄学派诗人。

考古学

预兆：

我将重点讲述我们上上下下在荒野的几次迁移。

(玛丽·罗兰森，《上帝的主权与恩典》[1])

---

1 玛丽·罗兰森（Mary Rowlandson，后称 Mary Talcott，约 1637—1711），
一名美洲殖民地妇女，在 1676 年菲利普国王战争期间被印第安人俘虏，
关押了 11 周后才被赎回。1682 年，在她遭受磨难的六年之后，《上帝的
主权与恩典：玛丽·罗兰森夫人被囚禁与返家的叙述》出版，当年就印
刷了四次，在新英格兰殖民地和英国获得广泛影响，被誉为美国第一本
"畅销书"。

刚好在约翰·温斯罗普（John Winthrop）领导的"大移民"（Great Migration）将她的祖先带到美国两百年之后，艾米莉·狄金森出生了。与霍桑一样，但不同于爱默生，她的良知仍怀揣着这批清教徒紧张不安的种种矛盾。她的祖先，坚定的加尔文派信徒（Calvinist），下定决心在古老的路途上行走，绝不在正义的道路上绊跌，他们自愿背井离乡，漂洋过海，奔赴宗教的和乌托邦的使命，走向荒野。加尔文派是一种专制神学，以《旧约》为基础，通过对《新约》的预表论解释，[1]强调个人救赎必须通过严苛的道德来实现，义高于爱，专制统治原则高于自由。以法律的权威来理解上帝的无限和绝对主权。对于堕落的人类来说，神的审判和道德律是必要的。狂怒和严厉，以耶和华之名，加上《耶利米书》和《何西阿书》中的威胁和可怕预言，要求人们坚定不移地服从**他的（HIS）**绝对统治。

我何时论到一邦或一国说，要拔出，拆毁，毁坏。

我的百姓竟忘记我，向假神烧香，使他们在所行

---

1 在基督教神学中，预表论是一种关于《旧约》和《新约》关系的教义或理论。《旧约》中的事件、人物或陈述被视为《新约》中的基督及其启示的原型或预先象征。例如，从鲸鱼腹中逃脱的约拿被视为死而复活的基督的原型或预先表征。

的路上，在古道上绊跌，使他们行没有修筑的斜路，

以致他们的地令人惊骇，常常嗤笑。凡经过这地的必惊骇摇头。

我必在仇敌面前分散他们，好像用东风吹散一样。遭难的日子，我必以背向他们，不以面向他们。

（《耶利米书》，18：7，15—17）

这生动的恐怖修辞是走向美国民主的缓慢进程的第一步。

* * *

……——他被教导说，他所拥有的美好的一切都已不在，他的四面八方只有少得可怜的必需品，尽管如此，还是应该指引他向往他所缺乏的美好，向往他被剥夺的自由：

（加尔文，《基督教要义》，第2部，

第2章，第1节）

加尔文派教导人们求善，因为那是他们所缺乏的，而且很快就在共同体（Commonwealth）中驱逐了自由主义的任何迹象。与熟悉的风俗习惯、欧洲文明及其"开明的"思想进步隔绝开来，试图将秩序强加给一个真正的荒野，那里，冬天严寒，狼群在每个定居点的外围嚎叫，社区的生死存亡取决于一次丰收。我们的可见世界只是一时兴起，随时都有可能解体，这种想法一直顽固地存在着。正是这种服从严酷而至高无上的"不在场者"（Absence）的深刻观念，铸就了生存所需的狂热能量。对更高目标的服从，温暖了这些拥抱着未知大陆边界的朝圣者们身体上和精神上的孤独。起初，生命岌岌可危，因此弥足珍贵，每个人都在等待和祈祷千禧年的到来。

*　　　*　　　*

"我认为全人类有一种普遍的追逐一个又一个权力的欲望，永无止境，而且永不停息，唯有死亡才能让它终止。"这个被许多清教徒所珍视的霍布斯的观念，即在原始的自然状态下每个人都有权夺取他所能夺取的东西，指定了一个方向。美洲原住民的土地被掠夺，他们互相背叛，或被灭绝。

唯信仰论教徒（Antinomian）、分离派教徒（Separatist）和贵格会教徒（Quaker，通常由女性鼓动和领导）被立即镇压，或被赶出现代迦南的边界。

*   *   *

我们生活于异教徒中间，他们的土地是我们祖先的上帝作为合法产业赐给我们的，这些异教徒曾多次以阴险的诡计，谋害英国的以色列的那一部分，那部分就坐落于这夕阳下落之地，任何一个有地位的居民都不能被忽视。尤其是关于纳拉甘西特人（Narraganset）和万帕诺亚格人（Wompanoag），一直存有嫉妒，更是众所周知。

（英格瑞斯·马瑟[1]，《新英格兰地区的
印第安战争史》，第 46 页）

狩猎、捕鱼和杀戮，对印第安人而言是神圣的事业。在

---

[1] 英格瑞斯·马瑟（Increase Mather, 1639—1723），马萨诸塞湾区殖民地的新英格兰清教徒牧师，后任哈佛大学校长达二十年之久（1681—1701）。1676 年出版《新英格兰地区的印第安战争史》（*A History of the War with the Indians in New England*），一部菲利普国王战争的当代记录。

新英格兰沿岸，生活着不同的印第安部落，各部落以一个酋长或首领为核心团结在一起，比邻而居，但冲突不断。马萨诸塞州较为和平的万帕诺亚格人长期忍受他们的邻居纳拉甘西特人的零星攻击。在康涅狄格州长岛湾沿岸，好战的佩科特人（Pequots）对纳拉甘西特人和居住在该地区中部的莫希干人充满敌意。他们的部落早已习惯了北方变幻莫测的气候造成的古怪的狂怒和发作，最近又因流行病和饥荒而人口锐减，因此对大自然的馈赠保持节俭。要在这片广袤的树木丛生之地生存，每个人都需要经受斯巴达武士一般的训练，严阵以待。边疆生活从多方面改变了这些移居到新土地的清教徒骑兵团。虽然大多数人都坚守在东部沿海狭长的、防御良好的耕地边缘，但越来越多的第二代移民感到，他们不得不深入森林，与印第安人比邻而居。边疆居民在贪婪和机遇的刺激下，开始了史诗般的追寻之旅，他们渴望向西推进，探险、耕作、捕猎和贸易。为了抑制这种危险的个人主义，马萨诸塞湾的早期族长们利用殖民者对布道的热爱——作为一个施展身手的领域——巧妙地操控着日益增多的殖民创作。

"啊，荒野之剑，你何时才能安宁？"

（科顿·马瑟[1]，《基督在美洲的辉煌》

卷2，第639页）

可见的圣人和文明边缘的农民、印第安俘虏、猎人、印第安战士、传教士——从他们的故事中，一个民族神话正在形成。皈依叙事、发现叙事、俘虏和狩猎故事、佩科特战争和菲利普国王战争的故事，与印第安地名、人名、传说和宗教信仰融为一体。这些不同的传说往往有一个共同点：远征和在荒野中的旅居。早期的"信仰捍卫者"最担心的是英国和美洲的习俗和信仰的联姻，他们集中描述失踪、谋杀和食人事件，沉湎于这片丛林之地的魔力。在清教徒的潜意识里和官方的神话中，荒野是人类堕落的缩影。

科顿·马瑟早期的理想主义观念是"永生的真神，无限的存在和完美，一种最纯粹的精神，不变、巨大、永恒、不可理解……"，但在边疆生活的不可预测的压力下，这一概念退化为一个嫉妒的君主，他会使用任何手段来平息哪怕一丝

---

1 科顿·马瑟（Cotton Mather, 1663—1728），新英格兰殖民地的清教徒牧师和作家，在神学、历史和科学方面著述颇丰，他因参与1692年至1693年的塞勒姆女巫审判而声誉受损。其历史著作《基督在美洲的辉煌》（*Magnalia Christi Americana*）发表于1702年。

精神上的叛乱。超自然的干预解释了自然现象。普遍的天意变成了特殊的天意。

六月十五日。这一天，在普利茅斯，人们看到一张完美的印第安弓出现在空中，当地的居民……把它看作一种神迹……谁又能知道，这可能是毁灭敌人的预兆，上帝会将弓箭和长矛折断，让战争停止，直到天涯海角？

（英格瑞斯·马瑟，《历史》，第 157—158 页）

*　　　*　　　*

来吧，看看耶和华的作为，看看他在地上造成了怎样的破坏。在这所房子里的三十七人中，没有一个能逃脱死亡或痛苦的囚禁，只有一个人可以像他那样说。《约伯记》1.15. 只有我一个人逃出来告诉大家这个消息。有十二个人被杀，有的被枪杀，有的被长矛刺死，有的被斧头砍死。当我们生活富裕的时候，哦，我们很少想到这些可怕的景象，看到我们亲爱的朋友和亲人在地上流着他们的血。有一个人被斧头砍中头部，全身赤裸，却还在爬上爬下。看到这么多基督徒躺在血泊中，有的躺在这里，有的躺在那里，就像一群被狼撕咬的绵羊，这真是一幅肃穆的景象。所有的人都赤身裸体，被一群地狱猎犬撕咬着，他们咆哮着、歌唱着、吼叫着、辱骂着，仿佛要把我们的心都撕碎；然而，主以他全能的大能使我们中的一些人免于一死，因为我们中有二十四个人被活捉并俘虏了。

（玛丽·罗兰森，《叙述》，第4—5页）

《上帝的主权与恩典，以及他信实的承诺；叙述玛丽·罗兰森夫人被俘虏并最终归返的故事。由她推荐给所有渴望知道主对她的作为和待遇之人》，由一位清教徒妇女写给她的"亲爱的孩子们和亲戚们"，以提醒他们注意上帝的旨意，很可能写于 1677 年的某个时段，在她去世后，于1682 年在波士顿印刷。这部"真实的历史"一经出版就大受欢迎。直到 18 世纪晚期，囚禁叙事一直主导着北美其他所有边疆文学的形式。罗兰森生动地讲述了她被纳拉甘西特人囚禁的 11 周零 5 天的经历，开创了美国神话的先河。起初，这些叙述只是简单的第一人称叙述。随着时间的推移和受欢迎程度的增加，虽然一般都是由女性叙述，但其结构和写作都是由男性完成的。理查德·斯洛特金（Richard Slotkin）在《通过暴力再生》（*Regeneration Through Violence*）一书中说，在加尔文派—清教徒的控制下，这些故事非常相似：

一个在家中陷入精神昏睡的**女人**（WOMAN），突然被野蛮人从熟悉的环境和家庭中强行拉走。在囚禁期间，她遭受了剥夺、羞辱和恐惧。对她来说，时间不再以分钟、小时和天来计算，而是以一系列被迫的"迁移"来计算，远离文明，深入荒野腹地，荒野是巴比伦的象征。生存取决于她继续行走的能力。她绝不能示弱，也不能拖累她的劫持者。她必须学会做一个印第安女人，经常服侍印第安主人。但作为一名基督徒活下去，要求她拒绝印第安婚姻，即使饥饿也不能参加异教的食人圣餐仪式。在巴比伦拘留期间，她继续阅读《圣经》，尤其是《旧约》，并乞求主赦免她自己和她以前邻居的过失。最后，她终于通过适应巴比伦严格的生活秩序而超越了自己的处境。只身进入荒野的**她**现在知道，苦难和启示通过暴力结为一体。她学会了超越当前的烦恼，能够跟摩西静静地站在一起，并看到上帝的救赎。现在，**她**已经准备好接受**他的**不可阻挡的决定性力量对她施以拯救和救赎。

玛丽（怀特）·罗兰森的丈夫约瑟夫是一名牧师，他是

1652年哈佛学院唯一的毕业生。布道开始依赖于每个被俘虏的妇女的痛苦和解脱。她的经历成为"皈依"过程的一个恰当比喻。

*　　*　　*

神话反映了一个地区的现实。多年来，苦苦挣扎的清教徒社区确实忍受着被印第安人囚禁的事实和幻想。村民们为归来的囚徒的怪异行为担忧并祈祷，他们中的许多人都因这段经历而被彻底改变。汉娜·达斯汀[1]是科顿·马瑟特别欣赏的一位受害者，她曾亲眼看见自己新生儿的脑浆溅到一棵苹果树的树干上。后来，她和乳娘玛丽·内夫（Mary Neff）逃过一劫，而另外几名囚徒惨遭杀害，他们被剥了头皮换取赏金。奥比戴亚·狄金森（Obediah Dickinson）上尉也是在马萨诸塞州迪尔菲尔德（Deerfield）被俘的士兵之一。他被迫将

---

1 汉娜·达斯汀（Hannah Dustin, 1657—1738），马萨诸塞湾区殖民地的清教徒妇女，与她的新生儿一起被印第安部落阿布纳基人俘虏。后来，婴儿被杀，她被关押在梅里马克河的一个岛上（位于今天的新罕布什尔州），在另外两名俘虏的帮助下，她杀死了10名美国阿布纳基家庭成员，并剥了他们的头皮，胜利逃脱。牧师科顿·马瑟采访了汉娜，把她的故事记录下来。不过，汉娜的故事随后被美国人遗忘了，直到19世纪，主要得益于霍桑、梭罗等作家的文字，才受到更加广泛的关注。

自己的朋友绑在木桩上，眼睁睁地看着印第安人折磨他、焚烧他。一些受害者目睹了全家人被屠杀和剥头皮的惨剧。有些人被迫参加食人仪式。最让第一代美国清教徒感到不安的是另一些俘虏，他们通常在孩提时代就被抓走，忘记了自己的母语和教义，被印第安人家庭收养，后来嫁到了充满爱的温暖的印第安人家庭，他们通常被送到加拿大，在那里皈依了一种法国—印第安天主教。当这些俘虏被发现时，他们往往拒绝回家。

那些被赎回和"被救赎的"俘虏明白他们的邻人心里想到什么，害怕什么。清教成为一种摩尼教。一个被迫独自在野外生存的摩尼教基督徒，和其他异教徒一样容易走上邪路。那些被迫接触到印第安文明的俘虏们得以明白，印第安人所遭受的苦难往往是英国人侵占他们的土地和随后耗尽他们的食物供应造成的。玛丽·罗兰森在叙述的最后写道："我还记得从前的日子我能整夜安然入睡，没有任何杂念，但现在已不再可能了。"她把这本书称为"上帝的主权与恩典"（*The Soveraignty & Goodness of GOD*），她或她的丈夫在致读者的序言中以参孙的谜语作为结尾：

吃的从吃者出来。甜的从强者出来。[1]

＊　　　＊　　　＊

更多英国人的鲜血被吞下，只为更多的复仇。

（《辉煌》，第2卷，第628页）

7月19日　我军追击菲利普，他逃到一片凄凉的沼泽地避难：英国士兵紧随其后，杀死了他的许多部下，约有十五名英国人同时被杀。那片沼泽泥淖遍地，灌木丛生，据判断，再往里走就会丢掉许多人的性命。沼泽里分不清谁是英国人，谁是印第安人。我们的人在那个可怕的地方，只要看到灌木丛有动静，就会立即开枪，因此，我们确实担心他们有时会不幸射杀英国人而不是印第安人。

（《历史》，第61—62页）

英格瑞斯和科顿·马瑟以及他们的乌托邦同胞基于对非

---

1 引自《圣经·旧约·士师记》（14:14）。

理性的恐惧，开始了一项神圣而非理性的使命。对于这些狂热的以色列子民来说，英国文化与美洲本土文化联姻的可能性是一种诅咒。一个伊丽莎白时代的狩猎者—朝圣者在不顾一切地狩猎荒野的肉食，同时，渴望并害怕成为他自己的野蛮化身。

*　　　*　　　*

现在，印第安人已停止杀人，他们"在下次之前再不会杀人了"。那就让我们完成写作吧，等我们稍稍了解了这些可怜虫中的头号凶手的下场之后，如果我们能找到一个像他们自己的印第安语一样冗长的名字，那就是：

BOMBARDO-GLADIO-FUN-HASTI-FLAMMI-LOQUENTES.*

*呼吸 – 炸弹 – 剑 – 死亡 – 长矛 – 火焰。

（《辉煌》，第 2 卷，第 641 页）

*　　　*　　　*

当主日我被圣灵感动，听见在我后面有大声音如
吹号，

　　主神说，我是阿尔法，我是欧米伽，是首先的和
末后的：所以你要把所看见的，和现在的事，并将来
必成的事，都写出来……

（《启示录》，1：10—11）

　　在那个启示日（Day of Revelation），圣城新耶路撒冷将如
同为丈夫装饰一新的新娘。在大神的晚餐上，马肉和人肉都
将被吃掉。人子身穿蘸血的圣衣，口中叼着一把剑，即神的
话语。耶稣——"大卫的根苗和后裔，明亮的晨星"——路
西法[1]。

　　从一开始，新英格兰的传说和神话就建立在严格的种族
分离的基础上，集中于绑架、圣餐、战争和恶魔论。矛盾就
是这块土地的天书。

1　路西法（Lucifer），在英语中最常见的含义是基督教神学中对魔鬼的称
　　呼，关于路西法反叛上帝被逐出天堂、堕入地狱的故事，最详细而生动
　　的描写见弥尔顿《失乐园》。不过，路西法一词的本义并非如此，它来自
　　希伯来语"hēlēl"，意思是"闪耀者"。它出现在钦定本《圣经》的《以
　　赛亚书》和更早的《圣经》拉丁文译本中，不是作为魔鬼的名字，而是
　　"晨星""金星"，或者作为形容词，"带来光明的"。

*　　*　　*

我的光明就是我的死亡

虽然很快就变成了雇佣军和种族主义者，但这里最初却是一个宗教种植园。约翰·科顿[1]、科顿·马瑟、英格瑞斯·马瑟、托马斯·胡克（Thomas Hooker）、迈克尔·维格斯沃斯（Michael Wigglesworth）、托马斯·谢泼德（Thomas Shephard），最后，最有趣的一位乔纳森·爱德华兹——加尔文神权政治造就了一批杰出的理想主义才俊。深陷世俗野心与病态的恐惧和无情的反省的重重矛盾之中，他们中的大多数都身心崩溃，只是程度有别。每一颗不平静的心灵都赤裸而孤独地等待着理解上帝的至高权和专断的计划。是万劫不复的诅咒，还是被选中而最终获救的渺茫机会，都在看不见的海洋之外等待着。

---

1 约翰·科顿（John Cotton，1585—1652），马萨诸塞湾区殖民地杰出的牧师和神学家。移民美洲前曾在剑桥大学三一学院和伊曼纽尔学院学习多年。1612 年成为波士顿教堂牧师。科顿的书面遗产包括大量书信、布道以及教理问答等，他撰写的儿童教理问答于 1701 年前后进入新英格兰课本，持续 150 年之久。

我不知道怎样才能更好地表达出我的罪孽在我看来是什么样子，只能用无限叠加无限，无限乘以无限来表达。这么多年来，我的脑海中和口中经常会出现这样的表述："无限加无限……无限加无限！"每当我扪心自问，审视自己的罪恶，它就像一个比地狱更加无限幽深的深渊。在我看来，若不是因为自由的恩典，被高举到伟大耶和华的一切丰盛和荣耀的无限高度，若不是因为他的力量和恩典的膀臂在他的权力的一切威严和他至高无上的一切荣耀中伸展出来，我就会在我的罪孽中沉没在地狱之下；远超一切事物的视线之外，只有至高无上的恩典之眼，可以洞穿得如此之深。

（乔纳森·爱德华兹，《个人叙事》，第70—71页）

可见与不可见的二元论。这种清教徒对自己的反省，这种屈辱和自我审视，有其相反的势能，转向沉思与平静。在"死荫之谷"（Valley of the Shadow of Death），我可以看到生命的非理性之美。

上帝的卓越、他的智慧、他的纯洁和慈爱，似乎显现在万物之中；在太阳、月亮和星辰之中；在白云和蓝天之中；在小草、花朵、树木之中；在水和一切自然之中；这总是让我的心神为之沉静。我常常坐下来看月亮，久久地凝视；白天，我花很多时间看云朵和天空，从这些事物中目睹上帝的甜蜜荣耀；与此同时，我轻声吟唱我对造物主和救赎主的思索……从前，我总因电闪雷鸣而莫名惊恐，雷雨交加时，我也会惶惶不安；但现在，恰恰相反，雷声让我欢欣鼓舞。

（《个人叙事》，第60—61页）

不是为了阐述自我，而是为了在孜孜不倦的探索中迷失并找到自我。服从和顺从于一种意志，是回归之旅，回归人类因脆弱而失去的神圣源泉。清教徒神学的最高境界是孜孜不倦地探寻上帝的秘密，探索大自然的隐秘意义。

*　　*　　*

枪与恩典

加尔文派的宗教反省在撒旦的恶魔能量中发现恐惧和令人着迷的憎恶。与邪恶力量相抗衡的是上帝赐予的恩典，赐予他的某些儿女。约翰·班扬在《丰富的恩典》[1]一书中说，巨大的罪孽引出了巨大的恩典。天国可能会通过认罪、悔改、放弃和公义而降临。每一个教徒的皈依和重生都取决于此。一个在地图上的地球边缘挣扎求生的社区，其居民频频目睹大自然中的邪恶力量，起初无法容忍将恩典视为自由想象力，无法容忍这种神秘观念带来的混乱。为了平息真正的恐怖，他们必须规训自然，用盟约来抑制耶和华专横的力量。

鉴于惠尔赖特先生[2]和哈钦森夫人[3]的观点和启示

---

1 约翰·班扬（John Bunyan, 1628—1688）的《丰富的恩典》(*Grace Abounding*) 是他在狱中创作的灵性自传，1666年出版，完整标题为《对罪人之首的丰富的恩典，或简论上帝在基督里对他可怜的仆人约翰·班扬的极大怜悯》。

2 惠尔赖特先生即约翰·惠尔赖特（John Wheelwright，约1592—1679），美国殖民时期的清教牧师，在1636年至1638年马萨诸塞湾区殖民地的反律法之争中被驱逐出殖民地，随后在新罕布什尔州建立了埃克塞特镇。

3 哈钦森夫人即安妮·哈钦森（Anne Hutchinson, 1591—1643），美国殖民时期的宗教领袖，反律法之争的重要参与者。她强烈的宗教信仰与波士顿地区的清教徒神职人员格格不入，她最终被审判并定罪，与（转下页）

已经诱使新英格兰的许多人陷入危险的错误之中，因此有理由怀疑他们，像德国的一些人此前发生的情况一样，也许会根据某些启示，对那些在判断上与他们相左的人突然发难，为了防止这种情况发生，兹命令以下名单中的所有人（根据送交的或留在他们住所的警告）务必于本月即 11 月 30 日之前将他们拥有或保管的所有枪支、手枪、剑、火药、子弹和火柴送到波士顿肯恩先生的家中，凡违反者，每项罚款十英镑。

（《马萨诸塞州纪事》，第 1 部，第 211—212 页）

恩典之赐予绝不为售卖。恩典在加尔文信徒的灵魂中引发了一场内战。恩典经常以强烈的幻觉造访选民，诞生于狂喜和恍惚之际。创造的直接性和智性之美的领域，在有限定的时间面前被唤醒，朝圣者抵达，如在梦中。在这片充满魔力的土地上，厌倦了模拟，厌倦了法律，我可能会退缩到无名的远方。

预定论（Predestination）的概念预先假定我在道德上是可

（接上页）她的许多支持者一起被驱逐出马萨诸塞湾区殖民地。最后，她和她的六个孩子在印第安人与荷兰人的战乱中不幸被杀。

憎的，在**他的**（HIS）眼中是可恶的。恩典和预定论是另一对矛盾，在安妮·哈钦森看来正是如此。对乔纳森·爱德华兹来说，直到1740年，这对矛盾还是相容的，艾萨克·牛顿（Isaac Newton）爵士的科学发现和约翰·洛克（John Locke）的《人类理解论》（*Essay Concerning Human Understanding*）都证明了这一点。

＊　　＊　　＊

细察蜘蛛

乔纳森·爱德华兹的清教徒意识将伴随并预示着艾米莉·狄金森的意识。爱德华兹是北安普敦的著名牧师，那里与阿默斯特是近邻。18世纪上半叶，北安普顿仍是一个边疆社区，却是康涅狄格河谷最有影响力的教区。爱德华兹广博的学识、充满活力的布道和著作使他成为17世纪30年代末和40年代宗教大奋兴运动的核心人物。他在几本小册子（其中最重要的是《忠实叙述上帝出人意料的作为》和《对新英格兰复兴的思考》）中，仔细记录了当时非同寻常的宗教狂热，以及他本人发挥的作用：点燃情感的火柴让它迅速燃起火焰。这些小册子后来成为美国、苏格兰和英格兰复兴运动中的基本布道文本，直到19世纪仍被广泛阅读和使用。他的全集由奥斯丁（S. Austin）编辑，于1808年出版，1844年和1847年分四卷再版。1855年，塞缪尔·鲍尔斯出版了约西亚·吉尔伯特·霍兰[1]的《马萨诸塞州西部历史》。鲍尔斯和霍兰都是狄金森家族的密友；艾米莉·狄金森与他们的关系尤为密切。霍兰熟知爱德华兹的著作以及他的思想曾对他们的地区产生过何等影响，称他是"美国首屈一指的形而上学家和神学家"。事实上，爱德华兹远不止是一个咆哮着宣扬地狱之火和诅咒的加尔文宗的传教士[2]；他还是詹姆斯（James）、皮尔斯（Peirce）和桑塔亚那（Santayana）的时代到来之前美国最精明、最具原创性的哲学家。

*　　　*　　　*

---

1 约西亚·吉尔伯特·霍兰（Josiah Gilbert Holland, 1818—1881）是19世纪中期美国最受欢迎的作家之一，曾是《春田共和党人报》的文学版主编，后来又成为《斯克里布纳月刊》（*Scribner's Monthly*）的主编。1853年后，霍兰夫妇，特别是霍兰夫人伊丽莎白，成为艾米莉·狄金森的亲密朋友和重要的通信对象。

2 乔纳森·爱德华兹以1741年6月8日发表的布道《罪人在愤怒的上帝手中》著称，其中，地狱场景被描绘得栩栩如生。

乔纳森·爱德华兹发表了一系列关于世界末日的布道，传达出人类在孤独而莫名的宇宙中消亡的恐惧。他劝诫我们远离世俗，过清心寡欲的生活，同时要积极努力以获得情感上的安宁，这就是恩典。按照加尔文宗的教义，正如这位新柏拉图主义继承者对美国事业的迷失所作的诠释，你无法通过物质上的成功找到通往永生的道路。它不鼓励隐居和修道士的孤独，同时又强调"因信称义"——这又是一个矛盾。在与原罪的斗争中，每个人都需要积极参与。既要入世又要避免拜金主义，我必须放弃对朋友和世俗成就的依恋。世俗的认可并不是上帝的认可，因此那是一种错觉。为得不到认可而忧虑和后悔是徒劳无益的，是一个陷阱。

To T. W. Higginson   *7 June 1862*

I smile when you suggest that I delay "to publish" – that being foreign to my thought, as Firmament to Fin –

If fame belonged to me, I could not escape her – if she did not, the longest day would pass me on the chase – and the approbation of my Dog, would forsake me – then – My Barefoot-Rank is better –

致 *T. W. 希金森*　　　　　*1862 年 6 月 7 日*

　　我微笑以对，当您建议我推迟"发表"－这与我
的心思无涉，如苍穹与鱼鳍无涉－

　　如果名声属于我，我无法躲避她－若非如此，白
日再长，将弃我而去，追逐不及－那时－我的狗的赞
许，也会将我遗弃－还不如我的"赤足等级"－

（L265）

　　艾米莉·狄金森的宗教是诗歌。当她穿越层层关联，通
向神的秘密炼金术，她对现世的福祉越来越不感兴趣。她决
定在有生之年不出版自己的诗作，将数量惊人的作品封存起
来，这个决定令人震惊。这绝非一种受压迫的女性自我受
到误导的谦逊，而是一种完满的加尔文主义的自我肯定的姿
态，源自一个诗人的信念，她把神的选择抛了出去，抛向阴
影中发着白炽光的未来。

＊　　　＊　　　＊

如果爱德华兹的神学写作只为狄金森提供了克己以及意象的明晰性，她可能会与他擦肩而过。纯洁的动机和神圣的理想主义可以在很多地方找到。她可以在雪莱的《为诗一辩》、勃朗宁的《雪莱与诗歌艺术》中找到它们，可以在罗斯金论透纳[1]绘画的文章中找到它们，当然也可以在梭罗的《瓦尔登湖》以及爱默生的诗歌和演讲中找到它们。但是，爱德华兹的否定性，他通过警醒的绝望和羞辱，通过臣服于任意且不在场的宇宙命令的喜悦，通过一系列规训的旅程，预示了她的否定性。

这两位美国现代主义的先行者在一种严苛的德行的语言领地上大胆实验。在那里，神秘的启示与自我折磨的字面意义发生了冲突。耶稣升天有一条闷声不响的路线，忠诚从不闪闪发光——他们带着受惊的孩子的敬畏，甚至倾听了沉睡的岩石的梦呓。

Contained in this short Life

Are magical extents

The soul returning soft at night

---

1 透纳，这里指约瑟夫·透纳（Joseph Turner，1775—1851），英国浪漫主义时期的画家。罗斯金论透纳的文章见《现代画家》（1843—1860）。

To steal securer thence

As Children strictest kept

Turn soonest to the sea

Whose nameless Fathoms slink away

Beside infinity

容纳于这短暂的生命

是那神奇的广度

入夜灵魂轻柔归来

溜进更安全之所

就像孩童被管束得越严

越是快速转向海洋

潜入其莫名的深度

向无限靠近

（J1165/F1175）

*　　　*　　　*

约翰·洛克的《人类理解论》帮助爱德华兹形成了一个信念，这个信念与狄金森的写作过程息息相关，即语言是由感觉附着于现实的，事实是由背后的智性赋予意义的。在《人类理解论》第三卷，洛克为他提供了围绕感知行为组织宇宙的观点。如果语言强加于理解之上，而名称因熟悉而变得死气沉沉，那么，当文字和意象已变得老套乏味，牧师又如何布道呢？观念必须被剥去外衣，直达其本质，必须撕掉修辞的花饰。

> 既然在这广袤的伟大宇宙
>
> 似乎无一物坚固而恒常，
>
> 万物遵循物理颠簸震荡：
>
> 那么，何不就让我高高举起
>
> 我的战利品，来自所有的胜利？
>
> （埃德蒙·斯宾塞，《仙后》，"易变性"，卷7，56）

在斯宾塞去世一百四十年后，牛顿比哥白尼更进一步，抨击了托勒密的有序宇宙范式。爱德华兹看到，而同时代的其他美国知识分子并没有看到，习以为常的拉姆斯修辞[1] 必须

---

1 拉姆斯修辞，指法国的加尔文教派即胡格诺派教徒彼得鲁斯·拉姆斯（Peter Ramus，1515—1572）的经典教义和修辞，从 16 世纪末开始，在学校和信徒中广泛使用。

与旧物理学一起被抛弃。在瞬息万变的社会体系和宇宙中，人类的错位和对不确定性的恐惧必须用新的语言来表达。他的世界末日式的布道迫使他的听众孤独地置身于一种力量的内在特性之中。

上帝提着你，悬在地狱的深渊之上，就像一个人提着一只蜘蛛或某种令人厌恶的昆虫，悬在火焰之上，他厌恶你，而且被极大地激怒了：他对你的愤怒像火一样燃烧；在他眼里你毫无价值，只配扔进火里；他宁愿眼睛更纯净些，而不愿让你进入他的视线；你在他的眼里比最可恨的毒蛇在我们的眼里还要可恶一万倍。你对他的冒犯，比顽固的反叛之徒对他的王子的冒犯还要罪大恶极；然而，正是他的手，只有他的手，在时刻提着你，让你不至坠入火海。你昨夜没有下地狱，全都有赖于此，你闭上眼睛睡觉后又被允许在这个世界上醒过来，全都归因于此。

（爱德华兹，《罪人在愤怒的上帝手中》，第164页）

佩里·米勒（Perry Miller）说，乔纳森·爱德华兹对行为心理学的理解，从他对皈依过程的细致记录中可见一斑，是美国经验主义和威廉·詹姆斯的先声。我说，艾米莉·狄金森接续了爱德华兹的传奇和学识，将它们从他自己的缺乏幽默感的和教条的加尔文教的重荷中释放出来，然后将他的新鲜感悟运用到她所熟知的美国诗歌的重荷之中。

> We met as Sparks – Diverging Flints
>
> Sent various – scattered ways –
>
> We parted as the Central Flint –
>
> Were cloven with an Adze –
>
> Subsisting on the Light We bore
>
> Before We felt the Dark –
>
> We knew by change between itself
>
> And that etherial Spark.

7–8] A Flint unto this Day – perhaps –
　　But for that single Spark.

> 我们相会如火花 – 由分散的燧石
>
> 从各条 – 飞溅的路射出 –

我们分离如燧石核心 -

被一只扁斧劈开 -

靠我们钻出的光维系着

在我们感觉到那黑暗之前 -

我们得知通过那缥缈的火花

和它自己之间的变化。

（J958/F918）

7-8] 一粒燧石直到今天 - 也许 -

只为那一束火花。

爱德华兹对"分离"这一内在意识的鲜明表述，进入了她的诗歌结构之中。每一个词都是一个密码，通过其可感知的符号隐藏着另一个符号。收到艾米莉·狄金森的信或信诗组合的人，就像爱德华兹的听众一样，因为受到震惊和对日常习见之物的删减，被迫以一种新的方式去感知。主体与客体在那一刻融为一体，成为对理解的直接"感受"。正是这种对顺序向前的阅读过程的重新排序，使她的诗歌和书信散文跻身本世纪最具独创性的写作。

To T. W. Higginson   *August 1880*

Dear Friend

I was touchingly reminded of your little Louisa this Morning by an Indian Woman with gay Baskets and a dazzling Baby, at the Kitchen Door – Her little Boy "once died," she said, Death to her dispelling him – I asked her what the Baby liked, and she said "to step." The Prairie before the Door was gay with Flowers of Hay, and I led her in – She argued with the Birds – she leaned on Clover Walls and they fell, and dropped her – With jargon sweeter than a Bell, she grappled Buttercups – and they sank together, the Buttercups the heaviest – What sweetest use of Days!

'Twas noting some such Scene made Vaughn humbly say "My Days that are at best but dim and hoary" –

I think it was Vaughn –

It reminded me too of "Little Annie," of whom you feared to make the mistake in saying "Shoulder Arms" to the "Colored Regiment" – but which was the Child of Fiction, the Child of Fiction or of Fact, and is "Come unto me" for Father or Child, when the Child precedes?

致希金森   *1880 年 8 月*

　　亲爱的朋友，今天早上的情景让我动情地想起了你的小路易莎，我看到一个提着艳丽篮子的印第安女人和一个耀眼的婴儿，在厨房门口－她的小男孩"曾经死去"，她说，对她来说，死神驱散了他－我问她婴儿喜欢什么，她说"迈步"。门前的草原亮丽地布满干草花，我领她进去－她和鸟儿争论－她靠在三叶草墙上，它们倒了，她掉了下来－发出比铃铛儿还甜美的语言，她抓住毛茛－他们一起沉下去，毛茛最重－多么甜蜜的日子啊！

　　注意到此等场景让沃恩[1]谦卑地说："我的日子充其量不过是沉闷和苍白的"－

　　我想那是沃恩－

---

1 狄金森这里提到的沃恩即亨利·沃恩（Henry Vaughan，1621—1695），17 世纪英国诗人，一般被归入玄学派，代表作如《燧石的火花》（"Silex Scintillans"）等。这里，狄金森的引文 "My Days that are at best but dim and hoary." 不够准确，原文为 "My days, which are best but dull and hoary"（我的日子，最好的却是沉闷而苍白的）。

这也让我想起了"小安妮",你担心她犯错,对"有色人种军团"说"扛起武器"–但哪一个才是虚构的孩子,是虚构的孩子还是事实的孩子?当孩子在前时,"到我这里来"是指父亲还是孩子?

（L653）

*　　*　　*

1750 年,乔纳森·爱德华兹被他的会众解雇,迫于环境,加之自愿选择,被流放到马萨诸塞州的斯托克布里奇。当时,斯托克布里奇在边境线之外,是一片荒野。村子里有十二个白人家庭,在他到来之前就对他心生厌恶,还有两百五十个彼此不合的印第安人,他们来自莫霍克（Mohawk）和霍萨图诺克（Housatunnock）部落。这是一个内部和外部关系持续紧张的社区。在这个原始的原木屋里,美国有史以来仅有的几位哲学家之一,当然也是当时新英格兰地区最伟大的智者,向一群贫瘠且不满的印第安听众宣讲酗酒和偷窃的罪恶。在一间狭小的书房里,在欧洲文明的边缘,这位不屈不挠、与世隔绝的探究者,其旅行范围最远不过波士顿,从未见过大教堂或城堡,这位神秘的经验论者和迟来的加尔文的诠释者，写出了《真正美德的本质》《意志的自由》《关于上帝创造世界的目的》等篇章。

*　　　*　　　*

　　和艾米莉·狄金森一样，乔纳森·爱德华兹将自己的作品精心缝制成精美的笔记本。在他的手稿中，有几本包含了他一生中用不同的墨水和钢笔写下的带有编号的 212 段文本。杂记一碎片；和她的诗歌一样，它们从未被计划发表。这些作品后来以《神圣事物的象与影》和《世界之美》为题出版。

*　　　*　　　*

二者间的距离

1723 年〕　这位年轻而严肃的神学学生，从小是家里唯一的男孩子，在 11 个姐妹中间排行第五，20 岁那年，乔纳森·爱德华兹在纽黑文访问，遇到了 13 岁的萨拉·皮尔庞特（Sarah Pierrepont）。他在正阅读的一本书的空白页上写下这篇抒情之作，对他未来的妻子加以描绘：

　　他们说，在［纽黑文］有一位年轻的女士，她深爱着那位创造并主宰世界的伟大存在，在某些季节，这位伟大的存在以某种无形的方式来到她身边，让她的心灵充满了无比甜蜜的喜悦，她几乎不关心任何事情，只是默默地想着他——她期待着过一段时间就能被接到他所在的地方，从世界中升起，被带到天堂；她确信，他太爱她了，不会让她永远与他保持距离。在那里，她将与他同住，永远被他的爱和喜悦所陶醉。因此，如果你在她面前展示全世界最丰富的珍宝，她也会视而不见，毫不在乎，对任何痛苦和折磨都不闻不问。她的心灵奇异的甜美，感情奇异的纯洁；她的一切行为都是最公正、最有良知的；即使你把全世界都给她，你也无法说服她做任何错误或罪恶之事，以免她冒犯这位伟大的存在。她的心灵非常甜美、平静、博爱，尤其是在伟大的上帝向她显现之后。她有时会从一个地方走到另一个地方，甜甜地唱着歌；似乎总是充满了喜悦和快乐；没有人知道为什么。她喜欢一个人在田野和树林里散步，似乎有一个看不见的人一直在和她交谈。

（爱德华兹，《萨拉·皮尔庞特》，第 56 页）

1750 年 〕　在爱德华兹的遗稿中，有一封他写给北安普顿教会的告别信的草稿，该教会曾粗暴地解雇了他，他在那里做了二十三年的牧师。最后一句写道：

> 我是亲爱的兄弟你们深爱的他，我希望借着恩典是你们忠实的牧师仆人因着耶稣的缘故。
>
> 乔纳森·爱德华兹

"深爱的"一词已被仔细划掉。

*　　　*　　　*

1846 年 〕　一百年前爱德华兹布道的小社区由粗鲁倔强的商人、捕猎手和农民组成，艾米莉·狄金森所在的西马萨诸塞州则大为不同。顽强防御的旧观念在其自身的矛盾中已分崩离析。只能在阿默斯特镇这样的社区的表面上，看到一点模糊的反映而已。在那里，在快速的经济和工业转型过程中，维多利亚时代的彬彬有礼的体面和时不时出现的宗教复兴的兴奋，遮盖了农业社区的缓慢解体。在艾米莉·狄金森的有生之年，铁路通到了阿默斯特。去波士顿和纽约越来越便利，她的许多朋友都去过欧洲或加利福尼亚旅行。她却一直留在家中。在她 16 岁时写给亚比亚·鲁特[1] 的信中，她引用了爱德华·扬[2] 的以下诗句：

With how much emphasis the poet has said, "We take no note of Time, but from its loss. T'were wise in man to give it then a tongue. Pay no moment but in just purchase of it's worth & what it's worth, ask death beds. They can tell. Part with it as with life reluctantly."

诗人曾以多么加重的语气说过："若非通过流失，我们不会注意到时间。聪明的人类给它一个舌头。有所值时才肯即刻付出；而它的价值如何，问问死亡之

---

1 亚比亚·鲁特（Abiah Root），狄金森少年时期的密友，两个女孩同龄，1844 年在阿默斯特学院相识，狄金森寄给鲁特的书信丰富而多样，记录了她早年的心路历程。
2 爱德华·扬（Edward Young, 1683—1765），英国诗人，代表作《夜思》（"Night-thoughts"）是 18 世纪最受欢迎的诗歌之一。

床吧。他们自会告诉你。离别它，依依不舍，如离别生命。"

（L13）

她已开始为时间这个形而上学的谜题担忧，她本能地懂得我们大多数人需要多年才能习得的道理，即向前生活的时间只能在回溯中加以理解，社会存在仅仅否定了精神的进步。狄金森在十几岁时拒绝加入公理会教会，那场席卷该地区的大奋兴运动再次将她置于不同寻常的孤独之中。错位首先撕裂了追寻中的灵魂。辉煌壮丽对集体意志构成颠覆。在现在的眼中，过去的碎片呈现出来。我的存在信守对过去的意义的承诺。艾米莉·狄金森拒绝在巨大的社会压力下屈服，这让人想起玛丽·罗兰森在孤绝处境中的顽强坚韧。她直观的精神领悟力将她与安妮·哈钦森和玛丽·戴尔[1]联系起来。作为一个聪明人，熟知他人思想的精华所在，她是已被启蒙的乔纳森·爱德华兹的继承者。

---

1 玛丽·戴尔（Mary Dyer, 1611—1660），英国和美国殖民地期间的贵格会教徒，因多次违抗禁止贵格会教徒进入殖民地的法律，在波士顿被处以绞刑。她是四名被处决的贵格会教徒之一，被称为"波士顿殉道者"。

$$* \quad * \quad *$$

1851 年〕 21 岁时，艾米莉·狄金森愉快地给她的哥哥奥斯汀写信，留下了这篇游记，描述狄金森一家出门去北安普顿听一位著名歌手的演出：

6 July

– what words express our horror when rain began to fall – in drops – sheets – cataracts – what *fancy conceive* of drippings and of drenchings which we met on the way – how the stage and its mourning captives drew up at Warner's hotel – how all of us alighted, and were conducted in, how the rain did not abate, how we walked in silence to the old Edwards Church and took our seats in the same, how Jennie came out like a child and sang and sang again, how boquets fell in showers, and the roof was rent with applause – how it thundered outside, and inside with the thunder of God and of men – judge ye which was the loudest – how we all loved Jennie Lind, but not accustomed oft to her manner of singing didn't fancy *that* so well as we did *her – no* doubt it was very fine – but take some notes from her "Echo" – the Bird sounds from the "Bird Song" and some of her curious trills, and I'd rather have a Yankee.

7月6日

－我们的惊恐无以言表当雨开始下落－雨滴－雨片－雨瀑－这淋湿和湿透在我们的路上演绎出何等奇妙的构思－这舞台和它凄惨的囚徒是如何停靠在华纳旅馆－我们所有人是如何下了车，然后被带进去，雨是如何没有减小，我们是如何默默地走到老爱德华兹教堂，并在那里就座，珍妮是如何像个孩子一样走出来，唱了又唱，花束是如何像阵雨一样落下，屋顶是如何被掌声震裂－外面是如何雷声轰鸣，里面又是如何被上帝和人类的雷声轰鸣－何者更响就请您来评判吧－我们所有人如何都爱珍妮·林德[1]，但不习惯她的演唱方式，我们并没有被特别惊艳到像我们惊艳她那样－毫无疑问，还是相当不错－仅从她的《回声》中

---

1 珍妮·林德（Jenny Lind，1820—1887），瑞典女高音歌唱家，1850—1852年间在美国做巡回演出，颇为轰动。

取几个音符－从《鸟之歌》中取几个鸟鸣，还有她的
某些奇特的颤音，我宁愿要一个扬基人。

（L46）

　　据悉，珍妮·林德的表演是艾米莉·狄金森听过的唯
一一位专业歌手或音乐家的表演。

　　声音总是完美意义的一部分。一位年轻的诗人在古老的
教堂里聆听珍妮·林德在《鸟之歌》中唱出鸟鸣声；一个世
纪之前，正是在这里，一位最后的清教徒牧师和第一位美国
哲学家向他的会众宣讲上帝的话："二十三年之内，从早起
来传说"。[1] 存在复杂的对应关系和相似的定义。感官现象的
未知预兆，声音已来到我们身边，不为所知。在艾米莉·狄
金森出生九年后，梭罗在《康科德河和梅里马克河上一周》
中写道："在文明人的内心深处，仍存有野蛮，占据荣誉之
地。"在他的超验主义的秋日沉思中，他反思时间，他一次又
一次重返我们早期历史的素朴诗歌。追求与占有。穿越神秘
意义的森林，宗教追寻诗歌的自由，而诗歌则游荡于神性的

---

1 引文见《旧约·耶利米书》（25：3）："从犹大王亚们的儿子约西亚十三
　年直到今日，这二十三年之内，常有耶和华的话临到我。我也对你们传
　说，就是从早起来传说，只是你们没有听从。"

至高权之源。

* * *

1881]   A Little Boy ran away from Amherst a few Days ago, and when asked where he was going, replied, "Vermont or Asia." Many of us go farther. My pathetic Crusoe−...

Vails of Kamtchatka dim the Rose−in my Puritan Garden, and as a farther stimulus, I had an Eclipse of the Sun a few Mornings ago, but every Crape is charmed−

I knew a Bird that would sing as firm in the centre of Dissolution, as in it's Father's nest−

Phenix, or the Robin?

1881 年]   几天前，一个小男孩从阿默斯特逃跑了，问他要去哪里，回答说："佛蒙特或亚洲。"在我们中间有许多人走得更远。我可

怜的克鲁索 [1]……

堪察加的面纱让玫瑰黯然 – 在我的清
教徒花园，作为更远的刺激，几天前的早
晨，我见到一次日食，但每一个黑绉纱都
被迷住了 –

我认识一只鸟，它会坚定地歌唱，在解
体的中心，像在它父亲的巢里一样 –

凤凰，还是知更鸟？

（L685）

*　　　*　　　*

1881 年 ］　这张纸条上附有一只死去的蜜蜂。

For Gilbert to carry to his Teacher –

The Bumble Bee's Religion –

---

1 克鲁索，英国小说家丹尼尔·笛福（Daniel Defoe, 1660—1731）的小说
《鲁滨孙漂流记》（*Robinson Crusoe*）的主人公。

His little Hearse like Figure

Unto itself a Dirge

To a delusive Lilac

The vanity divulge

Of Industry and Morals

And every righteous thing

For the divine Perdition

Of Idleness and Spring –

让吉尔伯特带给他的老师 –

黄蜂的宗教 –

他的小灵车图形一般

一首唱给自己的挽歌

向一朵欺骗的紫丁香

揭穿了所谓勤劳和道德

以及每一件正义

之事的虚幻

为这神圣的属于悠闲

和春天的狂欢之罪 –

"所有说谎的都有自己的一份" –

乔纳森·爱德华兹 –

"凡口渴的都可以来" –

耶稣 –

（L712）

*　　*　　*

1715 年］　走进树林的人，在 8 月下旬或 9 月初露水较
　　　　　多的早晨，都不会看不见成百上千的网状
　　　　　物，因上面挂满露水而变得显眼，它们从一
　　　　　棵树和灌木上面伸展到距离相当远的另一棵
　　　　　上面，正午时分它们在阳光下闪闪发光，对
　　　　　于一双敏锐的眼睛，清晰可见，而更加奇妙
　　　　　的是：我知道，我曾数次在一个非常平静安
　　　　　详的日子里，站在某个不透明的物体后面，
　　　　　这样就可以遮住太阳的光盘，不致让光线过

于晃眼，从旁边仔细观察，看到许多闪闪发光的小网和熠熠生辉的丝线，它们是那么长，而且那么高，简直让人觉得它们是粘在天上的……在这些网的末端，常常会出现一只蜘蛛，跟它们一起在空中飘荡、远航。

（爱德华兹，《论昆虫》，第 3 页）

*　　*　　*

致想象

1844 年 9 月 3 日

外面的世界是如此无望，

内在的世界我加倍珍惜；

在你的世界里，奸诈、仇恨、怀疑

和冷酷的猜疑永不会出现；

在那里，你和我还有自由

拥有无可争议的主权。

（艾米莉·勃朗特）

二十岁以后，她独自一人勤奋而坚韧地学习，和
我一起来到欧洲大陆的一所学校。同样的痛苦和冲突
接踵而至，她那正直的、异端的和英国人的精神，遇
到陌生的和罗马天主教的阴险，发生强烈反弹，更加
剧了她的痛苦。

（夏洛蒂·勃朗特，摘自埃利斯·贝尔
《诗歌选集》的"卷首语"）

英格兰和新英格兰，对乔纳森·爱德华兹来说，就是"这个民族"……在大洋对岸，勃朗特姐妹短暂的一生和她们的传奇故事让她深受触动。艾米莉·勃朗特死于1848年，当时艾米莉·狄金森18岁；安妮死于1849年；夏洛蒂于1854年结婚，一年后死于产后并发症。这三位聪慧不凡、才思敏捷的姐妹，和狄金森一样，在地理空间上与她们所在的知识界保持隔绝。通过加尔文宗的后裔——福音派循道宗，她们的童年生活深受严苛的加尔文宗的浸染，这在她们的情感矛盾中留下了烙印。勃朗特三姐妹是一位爱尔兰裔圣公会牧师的女儿；他们的母亲在七年的婚姻生活中生养了六个孩子，最后死于癌症。在四个幸存的孩子中，只有夏洛蒂对母亲尚有一点模糊的记忆。狄金森的父亲是一位严厉且充满父权思想的律师，他的妻子似乎神经紧张、多病且无能为力。在她们的成长过程中，两位母亲的角色都是无足轻重的。作为成年女性，她们的处境颇为窘迫，她们是外省城镇的老处女，在那里，每个家庭都被认为是高人一等的，人们期待她们表现出女性应有的仪态，而她们对此并无兴趣。这种文化既把她们视为仆人，又把她们视为上等人，这让她们陷入一种进退两难的境地，深受女性麻痹症之苦。狄金森家境富有，勃朗特家境贫寒，但受阶级和性别的限制，她们的选择大致相仿。勃朗特姐妹还有一个颇为受宠却又麻烦不断的兄弟布兰维尔，姐妹们的希望都寄托在他那不甚可靠的肩膀上。虽然布兰维尔的一生是一场公开的灾难，但外省约克郡对一切古怪的行为似乎都见怪不惊。奥斯汀·狄金森的自我毁灭则更加谨慎，他的婚外情最终在阿默斯特引起了一场被遮掩的丑闻。新英格兰的道德准则要求不能声张这一类"羞耻"。被压抑的羞耻感就像布莱克笔下的毒树，在恐惧和欺骗的浇灌下结出毒果。[1] 他和他的继承人执意维护自身体面，这导致了一个直接后果：妨碍了对他的妹妹艾米莉的人格的清晰认识，更不用说对她的手稿的故意肢解和涂改。

＊　　　＊　　　＊

我妹妹艾米莉喜欢荒野。在最幽暗的荒原，比玫瑰更鲜艳的花朵为她而绽放；她的心灵可以在翠绿山坡上的阴郁洞穴中创造出一个伊甸园。她在荒凉的孤寂中发现了许多珍贵的乐趣，其中，绝非无足轻重，

---

1 这里引用了威廉·布莱克的诗歌《一棵毒树》（"A Poison Tree"），见布莱克的诗集《经验之歌》（1793）。

而是最珍爱的——自由。

（夏洛蒂·勃朗特,《回忆艾米莉·简·勃朗特》,
第22页）

在勃朗特三姐妹之中，艾米莉既是隐士又具有远见卓识。细读她的生平和作品对于理解艾米莉·狄金森至关重要。从勃朗特的"自我"中，从她的"神话"中，这位年轻的女性选择了纯粹的目标。思想蜕变为相应的使命，"我"曾是另一个，现在"我"敢于走得更远。

Bereavement in their death to feel

Whom We have never seen –

A Vital Kinsmanship import

Our Soul and their's – between –

For Stranger – Strangers do not mourn –

There be Immortal friends

Whom Death see first – 'tis news of this

That paralyze Ourselves –

Who, vital only to Our Thought –

Such Presence bear away

In dying – 'tis as if Our Souls

Absconded – suddenly –

The first poem in fascicle 34.

11. Souls] World – /Selves – /Sun –

丧亲之痛在他们的死亡中感受

那些我们不曾见面之人 –

一种必不可少的亲缘关系引入

在我们的灵魂和他们的 – 之间 –

对于陌生人 – 陌生人不会哀悼 –

有一些不朽的朋友

死神已先一步看到 – 正是这种消息

使我们瘫软麻痹 –

他们，只对我们的思想至关重要 –

这样的存在夺取

在死亡中－仿佛是我们的灵魂

突然间－逃遁而去－

（J645/F756）

"诗笺"第34册第1首

11.灵魂］世界－/ 自己 －/ 太阳 －

在这两位女性的独立的灵魂中，加尔文非人性的律法主义与新柏拉图主义的智慧之美再次交锋。清教徒思想中的玄奥的暴力性。理性与超自然的双重智慧——诗歌创作的永不停歇的神话式进步。我称《呼啸山庄》为一首诗。

*　　　*　　　*

如果说上帝创造男人和女人是为了诅咒他们，那么艾米莉·勃朗特则站在罪人一边，顽固不化。在贡德尔[1]的虚构的现实世界中，在希斯克利夫和凯瑟琳[2]注定的且反叛的合一

---

1 "贡德尔"（Gondal）是艾米莉·勃朗特虚构的世界，她的抒情诗基本上都以这个虚构世界为依托。

2 希斯克利夫和凯瑟琳是艾米莉·勃朗特的小说《呼啸山庄》的主人公。

中，她肢解了理性文明的表面凝聚力。社会，一个充满敌意的领域，总是迫使无限的激情服从有限的需要。

大自然是一个无法解释的谜题，生命遵循一种毁灭的原则而存在；每个造物对其他造物来说都必须是无情的死亡工具，否则自己就不再生存。尽管如此，我们还是要庆祝我们的诞生日，我们为进入这样一个世界而赞美上帝。在我自言自语的过程中，我摘下了身边的一朵花。这朵花很美，刚刚开放，但一只丑陋的毛毛虫藏在花瓣中，花瓣已被蹂躏，行将枯萎。"地球及其居民的悲惨形象！"我感叹道，"这只虫子只能靠摧毁那保护它的植物才能生存；为什么要创造它，为什么要创造人类？他折磨，他杀戮，他吞噬；他痛苦、死亡、被吞噬——这就是他的全部故事。诚然，圣人有天堂，但圣人在人间留下的苦难足以让他悲哀难过，即使到了上帝的宝座前。"

我把花扔到地上；那一刻，宇宙在我看来就像一台巨大的机器，制造它只为带来邪恶。

（艾米莉·勃朗特，《蝴蝶》，
见《五篇法语散文》，第 17 页）

有时，整个宇宙充满敌意，自然中的爱是一种与恨完全相当的力量。艾米莉·勃朗特离开约克郡的家，因贫穷而无法享受孤独带来的自由，她发现，很难相信上帝的公正和仁慈。

> 从神学角度讲——请注意，因为我很少以神学家的身份说话——是上帝自己在劳动结束后作为一条蛇躺在了知识树下：他就是这样从上帝的身份中复原的……他把一切都造得太美了……魔鬼不过是上帝在第七天的怠惰……

（尼采，《超越善恶》，见《瞧，这个人》，
第 113 页）

艾米莉·勃朗特和艾米莉·狄金森，这两位自我解放的女性，尼采非常喜欢加以蔑视的"小妇人"，经常在写作中预言尼采。

*　　*　　*

"当孝敬父母——你若想活命。"[1]在这样一条诫命中，上帝揭示了人在他眼中的卑劣；为了让人类履行最温柔、最神圣的义务，威胁是必要的；他必须通过恐惧迫使狂人得到祝福。在这条诫命中，隐藏着比任何公开指控都更尖刻的责备；一种完全盲目或忘恩负义的指控。

　　父母爱自己的孩子，这是大自然的法则；当幼子遇到危险，雌鹿不畏惧猎犬，鸟儿为护卫鸟巢而死；这种本能是神圣灵魂的火花，我们与每一个生灵共享，难道上帝没有把类似的感情植入孩子的心灵吗？这种感情无疑是存在的，然而却如雷贯耳地向他们呐喊："当孝敬父母——你若想活命！"

　　　　　　　　　　　　　　　（《孝爱》，第13页）

　　这位作者基本上是匿名的，她在上帝计划的约伯的原始世界中，以撒旦式的想象来回上下地走动。完美与荒凉的总和与理解，所有的黯然与真实的存在都是一种想象。诱惑迫使我休息。我在死后出生，将穿越死亡，在有限的地球土

---

1 引自《圣经·旧约·出埃及记》(20∶12)，略有改动。

壤下进入无限的宁静。所有意志，所有人类的努力，都必须以在死亡中重建失去的理想之美的和谐为目标。在否定中肯定，所有的运动、所有的方向都是为了这个基座。一步错，满盘皆输。

他的勇气不是鲁莽，他的骄傲也不是傲慢。他的愤怒有理有据，他的自信远离妄自菲薄。他内心坚信，他不会被凡人的胜利所打败。只有死亡才能战胜他的武器。他准备向死神屈服，因为死神的抚摸对于英雄就像奴隶挣脱锁链。

（《黑斯廷战役前夕的哈罗德国王》，第 12 页）

艾米莉·简·勃朗特死于肺痨，当时只有 30 岁。日历上那一天是 1848 年 12 月 19 日，星期二，"冬节诞生日"。18 日，星期一，夏洛蒂为她朗读了爱默生的散文，"……我一直读，直到发现她已不在听"。

*　　*　　*

亨利·亚当斯[1]致小查尔斯·弗朗西斯·亚当斯

伦敦　1863 年 5 月 14 日

他继续用他那深思熟虑、斟酌再三的方式，对勃朗宁[2]说道。

"如果你知道若干世纪之后你仍会被人铭记，你是否就会觉得你的成功对你来说更有价值？你是否指望未来人类中的一部分人将某些思想与你的名字联系在一起，作为你所有劳动的巨大回报？"

"一点也不！我完全不在乎我的名字是否会被铭记。我的奖赏是，曾一度属于我的思想能够继续活下去，造福人类！……"

"那么，现在，勃朗宁，假设你在某个时候遇到了莎士比亚，就像我们中的有些人可能遇到的那样。你会冲向他，抓住他的手，大声喊道：'亲爱的莎士比亚，见到你我太高兴了。你简直想象不到这世界上的

---

1 亨利·亚当斯（Henry Adams, 1838—1918），美国历史学家，是两位美国总统的后裔。他在父亲查尔斯·亚当斯任美国驻英国大使时期，充当父亲的秘书，因此受到英国文化的深远影响。他最著名的作品是《1801—1817 年美利坚合众国史》（九卷），他的回忆录《亨利·亚当斯的教育》获得普利策奖。

2 这里指罗伯特·勃朗宁。

人如何大谈特谈你啊！'你觉得莎士比亚听到这样的宣告会比我听到在富勒姆的 S 嬷嬷家的男孩子们记得我更加激动吗？如果他知道他在人间所做的事仍然被那里的人记得，这对他有什么好处呢？"

丁尼生的《悼念集》[1]第六十三章也表达了同样的观点，但不是以同样的方式。令人好奇的是，在所有其他人中，这两位是为了名声而写作的，或者曾经这样做过，他们却嘲笑名声对他们的真正价值。

但是，勃朗宁继续以一种十分非正统的幽默方式，提出了一种恐怕会让教皇震惊的精神选举说。根据他的观点，只有那些真正在生活中自我发展、自我教育的思想或灵魂，才有可能进入一种未来生涯，对此，今生不过是一个预备课程。那些伟大者被拒之门外，被遣返，天知道他们会变成什么样子；这些成千上万的野蛮人和残暴堕落的基督徒。只有那些能够通过考试的人才获准开始新的生涯。这是加尔文的观点，修改过的；在我看来，这确实不无可能。因此，这个世

---

1 丁尼生（Alfred Tennyson，1809—1892），英国维多利亚时代的桂冠诗人，他的叙事长诗《悼念集》(In Memoriam) 发表于 1850 年，是一部哀歌，近三千行，悼念剑桥时代的好友亚瑟·亨利·哈勒姆（Arthur Henry Hallam）。

界可以充当下一个世界的哺育者，就像这里的中下层阶级充当贵族阶级的哺育者一样，偶尔从这里和那里提供一个成员来填补空缺。这个命题的推理过程非常有趣。

（《亨利·亚当斯书信集》，第一卷，第354—355页）

*　　　*　　　*

艾米莉（Emily）：条顿语中的埃米尔（Emil），即"勤劳者"的阴性形式，源于古代哥特人的阿米利亚（Amalia）；而Amalia 或 Amelia 则可追溯到被称为阿米勒（Ameler）的野森林人。

*　　　*　　　*

Peace is a fiction of our Faith –

The Bells a Winter Night

Bearing the Neighbor out of Sound

That never did alight.

4. alight] delight

安宁是我们信仰的虚构 –
一个冬夜阵阵钟声
承载着邻居敛气息声
但从未降落。

(J912/F971)

4. 降落] 欣然

*　　*　　*

第三部

号角声声吹战火

罗兰公子来到暗塔

（见莎士比亚《李尔王》中的埃德加之歌）

罗伯特·勃朗宁，《罗兰公子来到暗塔》[1]，标题

葛罗斯特　　别说话，别说话：嘘

埃德加　　　罗兰公子来到暗塔，

　　　　　　他口中仍是这些词——呸，切，去，

　　　　　　我闻到了英国人的血。*

（莎士比亚，《李尔王》，第3幕第4场，178—181）

*坎贝尔（Capell）提供了一个精巧的注释，说明罗兰公子就是骑士奥兰多：这几个诗行出自一首古老的民谣，其中一行被意外漏掉了；完整的一段应该如下——

---

1 罗伯特·勃朗宁的叙事诗《罗兰公子来到暗塔》（"Childe Roland to the Dark Tower Came"），此诗标题引自莎士比亚的《李尔王》，创作于1852年，首次发表于诗集《男人与女人》（1855）。本书所引《罗兰公子来到暗塔》中的诗句，中文翻译参考飞白、汪晴译《勃朗宁诗选》（英汉对照），外语教学与研究出版社，2013年。

"罗兰公子来到暗塔,

巨人咆哮,跳将而出;

他口中仍是这些词——呸,切,去,

我闻到了英国人的血。"

（奈特编《莎士比亚的喜剧、历史剧、悲剧和诗歌》,

1853年,脚注。狄金森和勃朗宁都知道这个版本）

《李尔王》中最奇特的段落之一,就连阿登版（Arden Edition）的脚注也找不到莎士比亚这段引文的出处。这是装疯的埃德加-汤姆对他的父亲葛罗斯特唱的咿咿呀呀的小曲,父亲能听到他的声音但没有认出他的身份,这小曲首先让人想起查理大帝时期的骑士传奇《罗兰之歌》[1],并通过他想起

1《罗兰之歌》,法国中世纪英雄史诗,民间口头流传之作,约成书于公元11世纪末叶,全文约四千行,抄本众多。主人公罗兰为查理大帝时期（公元8—9世纪）的勇士。史诗记述查理大帝出征西班牙,对方以厚礼讲和,查理大帝决定撤军,在返程中罗兰等将士负责殿后,不幸遭到叛徒阴谋陷害,终因寡不敌众,壮烈殉国。后世产生了多部以罗兰为主人公的骑士传奇之作,最著名的是意大利诗人阿里奥斯托（Ludovico Ariosto,1474—1533）的《疯狂的奥兰多》（*Orlando Furioso*,1516）。

勇敢、自我牺牲和骑士精神。其次是巨人杀手杰克[1]，并通过他想到了童谣。最后，当神话中的海伦被海怪带走时，她的弟弟罗兰公子漂洋过海去寻找她。海怪走后，她把他藏了起来；当他回来时，闻到了一个基督徒的血腥味。

什么暗塔？为什么罗伯特·勃朗宁要围绕这一句来构思他的神秘诗篇，然后引导读者去读埃德加的疯癫之歌的其余部分？写于19世纪后半叶的《罗兰公子来到暗塔》和《我的生命伫立－一杆上膛枪－》都是成功的消极诗歌。面对律法之碑被打破之后的废墟，两位作者都是外来的阐释者，从远古时代存活下来，超越未来。在每首诗的结尾，肃穆的始作俑者都拥有非我化（unselved）身份、记忆、诗的起源——原创性。其中的抒情之"我"，从个人意志中解放出来，将死于行动。

两个无名的叙述者在人生的中途，被一个无名的、隐约具有威胁性的向导／主人安排在通往权力瘫痪的可疑的自由之路上。他们流亡在外，徜徉在由古老的传说、先驱的诗歌、古语、工业和文学废墟组成的语言荒野中。这旅行者玩

---

1 巨人杀手杰克（Jack the giant Killer），英国康沃尔民谣和传奇故事中的主人公，据说，他杀死了亚瑟王统治时期的若干邪恶的巨人。在英国文学史上，关于杰克的民间传说在18世纪之前几乎很少记载，第一个汇编本出版于1711年。

世不恭，得意忘形且咄咄逼人，他们现在知道，美与亵渎同在，而危险则是睿智的解释者。这里是《天路历程》，而朝圣者不是基督徒。在这个弱肉强食的猎人与猎物的旧的新世界里，族群身份丧失了，时间丧失了，地点的特殊性丧失了，确定的信仰丧失了，目的丧失了。这些流浪者是自由的，太自由了。外面，警觉的迷路者……只有崇高而至高无比的太阳点燃火光，然后恶狠狠地俯冲下来。夜幕降临。那诱人的黑暗之塔，像愚人的心一样盲目，是个矮墩墩的迟来的幻影。在未知的边缘，神圣而不可触及的未知——抒情之"我"既是守卫者，又是猎手。我们和我们互相捕食。缺席是每首诗歌令人赞美的存在。死亡在分界线上游荡——世界的十一月。两个独立的探索者发现，除了自己咄咄逼人的独白回响的噪声之外，什么也没有。坚定的寓言遁入人类残酷的心，爱的深不可测的奥秘。朝向那荒凉的毁灭的吸引力，他们将英勇无畏地一再诉说着。

*　　　*　　　*

《只因我不能为死亡停步》（"Because I could not stop for Death"，J712/F479）和《我的生命伫立－一杆上膛枪－》可

能写于 1863 年前后。这两首伟大诗作中的第一首受惠于罗伯特·勃朗宁的《最后一次同乘》（"The Last Ride Together"）已被确认。将这两首诗放在一起，相似之处显而易见。狄金森利用奥罗拉·利的一些形象，以及她自己的机智和简洁的紧迫感，改写了他的诗。她把勃朗宁的"情妇"（Mistress）一词替换为"主人"（Master），即死神，写出了一首美国女性的版本。《最后一次同乘》《罗兰公子来到暗塔》《炉边》《废墟中的爱情》《纪念品》均发表于勃朗宁的诗集《男人与女人》（1855年）。狄金森一定会，每个人都会，把《罗兰公子来到暗塔》当作一首为诗的起源而焦虑的诗来读。这首诗又得益于伊丽莎白·巴雷特此前创作的、弱得多的《诗人的憧憬》（"A Vision of Poets", 1844）。狄金森曾在 1862 年以《我为美而死》（"I died for Beauty", J449/F448）回应过这首诗。此处，她会听从勃朗宁的具体指示："见《李尔王》中的埃德加之歌。"

*　　　*　　　*

狄金森和勃朗宁都是天生的戏剧独白艺术大师。他们靠神秘的天性深知，独白在揭示信息的同时也具有隐藏的力量。一位匿名的变形者，她把隐藏带得更远。她的诗是独白，没有指定的叙述者，其最高源泉是莎士比亚。《李尔王》是一部充满了语言能量的戏剧，充满了伪装、献祭、祈求、争辩、戏法和幻觉；不断地颠倒意义，不断地玩弄"看"与"无"的文字游戏。善良的肯特和埃德加必须诉诸流放、伪装和狡诈，而反派埃德蒙则机智、迷人、充满诱惑。《李尔王》，黑暗的田园诗。被挤出社会的男男女女在神秘的心灵丛林中找到了荒凉、毁灭和新生。在《李尔王》《呼啸山庄》《罗兰公子来到暗塔》中，绝对的爱超越死亡的边界，逃入神话。这也是《我的生命伫立－一杆上膛枪－》的安宁。

*　　　*　　　*

罗伯特·勃朗宁说，他在一天之内就写出了《罗兰公子来到暗塔》。他说这是他在梦中想到的，然后就写了下来。此诗小心地使用了若干外部文学资料，这让这个声明未免有些可疑，但这首诗确实如梦似幻。1851年12月2日，路易·拿破仑发动政变，夺取政权。当时，勃朗宁与妻子和年幼的儿子住在巴黎，他刚刚为新版《雪莱书信集》完成了一篇关于雪莱的长文。12月4日，最后一批共和党反对派在激烈的巷战中被屠杀。作为暴力事件的见证人，这是罗伯特和伊丽莎白首次在政治上发生分歧。伊丽莎白是一位直言不讳的政治自由派和妇女权利的拥护者，她认为路易·拿破仑会让欧洲变得更好。

皇帝，皇帝！

从中心到海岸，

从塞纳河回到莱茵河，

八百万人起立宣誓

以男子汉的神圣权利

特此选举和立法，

此人当接续那一度

在命运的压力下断裂的线条

让众王在滑铁卢联盟。

当人民放手。

皇帝

始终。

（伊丽莎白·巴雷特·勃朗宁，

《拿破仑三世在意大利》卷1）

她丈夫却认为路易·拿破仑不过是另一个小暴君而已，

拿破仑为夺取政权而采取的暴力手段在勃朗宁那里已失去了信誉。政变发生近一个月后,勃朗宁写下了《罗兰公子来到暗塔》。当时,尽管他正在创作自己最优秀的诗集之一,但他的作品一直受到英国评论界的嘲讽和读者的冷落。《索德罗》("Sordello")让他成为笑柄。他的生活费来自他的妻子,她因文学成就而声名鹊起,他一再表示他更欣赏妻子的而不是他自己的作品,相较于他最喜爱的诗人雪莱——这位30年前年仅30岁就溺水身亡的诗人——40岁的勃朗宁面对自己的诗歌,其暗淡的历史和不可知的未来,想必令他痛楚难言。

> 因为,由于我满世界的颠沛流浪,
> 　由于我多年的探求和寻觅,
> 　我的希望已细微如丝,再也经不起
> 成功可能带来的热闹和欢畅,
> 现在我再不去制止我的心脏
> 　因为看到失败的前途而惊悸。
>
> 　　　　　（《罗兰公子来到暗塔》,第4节）

大约 11 年后，艾米莉·狄金森写出《我的生命伫立 -一杆上膛枪 -》，此时她 30 岁出头，未婚，可能患有严重的恐旷症，因而几乎足不出户，与父母和一个未婚的妹妹住在大学城阿默斯特。她一直在籍籍无名地写着数百首白热化的诗歌。那一年美国已陷入内战。最近，她向作家和废奴主义者托马斯·温特沃斯·希金森寄出了一封信，其中包括她的几首诗作，这是她第一次向外界读者展示自己的作品。她一定处在挣扎之中，一方面她认定自己具有非凡的能力，另一方面又不得不在灵性的启示——恩典与凡人所渴望的世俗认可之间展开搏斗。

I took my Power in my Hand

And went against the World –

'Twas not so much as David – had –

But I – was twice as bold –

I aimed my Pebble – but Myself

Was all the one that fell –

Was it Goliah – was too large –

Or was myself – too small?

8. was myself] just myself – /only me – /I –

我把我的力量握于手掌

跟世界发生对抗 –

虽然我的力气不及 – 大卫 –

但我有 – 双倍的胆量 –

我以鹅卵石瞄准 – 可是

只有我自己 – 倒下 –

是歌利亚 – 确实太强大 –

还是我自己 – 太弱小?

（J540/F660）

8. 是我自己] 只是我自己 –/ 只是我 –/ 我 –

*　　*　　*

154

约翰·布朗[1]因率众袭击哈珀渡口而被处决，在行刑前，他向一名狱卒递交了最后的遗书：

弗吉尼亚州查尔斯顿，1859 年 12 月 2 日

我，约翰·布朗，此刻十分确信，这片罪恶土地上的罪行，只有用鲜血才能洗刷。我曾想当然地认为，无需流太多的鲜血就能洗清罪孽，但我现在认为，这是徒劳。

（《约翰·布朗的生平与书信》，第 620 页）

当天上午 11 点，布朗被押送出监狱，坐上了运往绞刑架的马车。阳光下，民众聚集观看一场杀戮。他看到了两千名士兵、骑兵和大炮。他越过人群，望向远处的蓝岭山脉。

---

1 约翰·布朗（John Brown，1800—1859），美国激进的废奴主义者，因血腥杀害支持奴隶制的白人而首次成为全国知名人物。1859 年 10 月，布朗带领他的儿子们和少量追随者，共 22 人，武装袭击了哈珀渡口，一个弗吉尼亚州的美国军械库，突袭失败后被捕，经弗吉尼亚联邦的审判，以叛国罪被处决。布朗的突袭、审判和被处决在美国各地引发了极大的焦虑和争议，南方认为这是对奴隶制和他们的生活方式的威胁，而北方的一部分人则认为这是一次英勇的废奴行动。布朗赴死前的言辞和信件，以及梭罗等北方精英知识分子从道义上对布朗的支持，使他成为废奴运动的联邦英雄和偶像，同时预示了血腥的南北战争的不可避免。

"这是一个美丽的国度"，他说，"我以前从未将目光投向它，也就是，这个方向。"

《我的生命伫立－一杆上膛枪－》写于南北战争时期。艾米莉·狄金森经常受到的一个指责是她在作品中回避政治问题，但在这里她当然没有回避。她清楚地知道，美国最初的理想主义与极端主义之间的冲突正在再次上演。约翰·布朗是另一位援引耶和华的清教徒狂热分子，他开始按照《圣经》的方式与上帝作战。解放者和正义者一如既往地焚烧、抢劫和破坏。梭罗在《约翰·布朗最后的日子》中写道："不要向立法机构和教会，也不要向任何没有灵魂的法人团体寻求指引，而要向那些受到启示或鼓舞的人寻求指引。"这场内战打碎了她分裂的天性中的某种东西。现在，狄金森和她的才智出众的先辈爱德华兹一样，探索雇佣和奴役之间的联系，而没有习俗的种种枷锁。

* * *

意义的结构

我马上感到他的每句话都是说谎。

那个白发瘸子用他恶毒的眼神

观察谎言对我的效果有几分；

他看到又一个牺牲者入罗网，

高兴得几乎嘴都合不上，

弄得他的嘴边全是皱纹。

（《罗兰公子来到暗塔》，第 1 节）

I

My Life had stood – a Loaded Gun –

In Corners – till a Day

The Owner passed – identified –

And carried Me away –

我的生命伫立 – 一杆上膛枪 –

在角落里 – 直到某一日

主人路过 – 认出我 –

把我带离 –

我的和我。在这个令人不安的新英格兰词汇景观中，没有什么是确定的。狄金森在更短小的篇幅内（女人的急速语声）比勃朗宁走得更远，她对自我观念做了一番编码和擦除——解码，披露中的伪装。在一个真正的边疆，真的是孤身一人，她出色地学会了"栖居于可能性"。

可能性：

我的   一个灵魂在寻觅上帝。
生命：

我的   一个灵魂在寻觅她自己。
生命：

我的   通过将一个先驱诗人的歌声理想化，一个诗人的钦佩
生命：之心得以发声。

我的   狄金森本人在被忽视的角落里等待希金森认可她的能
生命：力并帮助她加入已出版的美国诗人的行列。

我的   美洲大陆及其向西推进的边疆。两个世纪的拓荒文学
生命：和神话一直坚持将这片土地比作一个处女（新娘和女
      王）。探险和殖民开拓被描绘成男性对诱人的／威胁性
      的女性领地的情色发现和统治。

我的   美国神话的野蛮源头。
生命：

我的   美国被暴力掌控，最初的联邦面临分裂的危险。
生命：

我的   一个白种女性被印第安人囚禁。
生命：

我的   一个奴隶。
生命：

我的   一个未婚女子（艾米莉·勃朗特笔下的凯瑟琳·恩萧）
生命：渴望被她的情人—丈夫—主人（埃德加·林顿）选中

（认出）。

我的　　一位边疆男性的一杆枪。
生命：

*　　　　*　　　　*

　　标志性的**枪**从一开始就摆脱了它的标志。当**"我的"**（**MY**）被认出并被带走时，"我的"变成了匿名者，并拒绝让步。行进过程似乎是向前的，但方向却不确定。前两行暗示被悬置的运动，后两行是运动中的悬置。前四行将两个分裂的灵魂连接在一起。字面是一套，意思是另一套。在场的"我的"之奇怪的不在场是跟随，或者说"不在场"的带走。唯一不变的是运动和对无的认定。象征既是隐藏也是揭示。

　　We do not think enough of the Dead as exhilirants – they are not dissuaders but Lures – Keepers of that great Romance still to us foreclosed. – while coveting (we envy) their wisdom we lament their silence. Grace is still a secret.

(Prose fragment 50)

我们没有足够想到逝者是激励者－他们不是劝阻者，而是引诱者－是那仍对我们封阻的伟大罗曼司的守望者－在觊觎（我们羡慕）他们的智慧之时我们也哀叹他们的沉默。恩典仍是一个秘密。

（散文片段 50）

上帝隐而不显。爱的随意减除遍布无限的虚空。残暴的矛盾。婚礼上的"我愿意"，推心置腹的契合，与另一个灵魂的结合——不过是另一种幻觉。人类必须服从机械的和超自然的必然性。服从是生存的必要条件，服从和驯顺就像百合花，从不劳作。[1] 夏娃、路西法、埃德蒙、希斯克利夫和"快乐"都是鲁莽而不服从的。我必须服从占主导地位的社会制度，直到死神轰开大门。从生活中解放出来就是死亡。这种毁灭是俄耳甫斯[2]式的转变，还是另一座监牢？普赛克[3]的情

---

1 这里引用了《圣经》的典故："何必为衣裳忧虑呢？你想野地里的百合花，怎么长起来，他也不劳苦，也不纺线。然而我告诉你们，就是所罗门极荣华的时候，他所穿戴的，还不如这花一朵呢。"见《马太福音》（6：28）。

2 俄耳甫斯（Orpheus），古希腊神话传说中的色雷斯的音乐家和先知，据说他的音乐可以感动万物，他曾下到冥府救出他的妻子。俄耳甫斯式的（Orphic）来自俄耳甫斯密教（Orphism），与酒神狄奥尼索斯相关，包括对酒神神话的重新解释或重新阅读。

3 普赛克（Psyche），或译普绪克，古希腊神话中的一个凡间女（转下页）

人是爱神还是魔鬼？艾米莉·勃朗特和艾米莉·狄金森，这两位受过教育、退隐、具有远见卓识的女性是离经叛道者，她们反叛那种执迷于原罪的原教旨主义宗教，她们感到上帝与自然彼此分离。

Each Life converges to some Centre –

Expressed – or still –

Exists in every Human Nature

A Goal –

Embodied scarcely to itself – it may be –

Too fair

For Credibility's presumption

To mar –

Adored with caution – as a Brittle Heaven –

To reach

（接上页）子，爱神丘比特的情人，根据古罗马《金驴记》等作品的描绘，爱神只在夜间前来与之相会，不许普赛克见他的面容，后来受到姐妹的质疑和盘问，她禁不住点上油灯，终于看见了他，结果招致神的惩罚。

Were hopeless, as the Rainbow's Raiment

To touch –

Yet persevered toward – surer – for the Distance –

How high –

Unto the Saints' slow diligence –

The Sky –

Ungained – it may be – by a Life's low Venture –

But then –

Eternity enable the endeavoring

Again.

5. Embodied] Admitted

7. presumption/To mar] temerity to dare –

9. Adored] Beheld

11. the] a

13. surer] stricter –

15. diligence] industry

17. by] in –

每个生命都向某个中心靠拢 –

或表露 – 或悄然 –

每个人性里存在着

一个目标 –

几乎不向它自己现身 – 也许它 –

太美好

不会被确实性之假定

玷污 –

小心谨慎地崇拜 – 如一个易碎的天国 –

抵达

无望，如那彩虹的衣饰

摸不着 –

然而坚持不懈 – 更确信 – 对于距离 –

如此高远 –

对于圣徒坚韧的勤勉 –

这天空 –

无所获 – 很可能 – 由一生的卑微探险 –

但那时 –

永生将成全这努力

再一次。

(J680/F724)

5. 现身〕承认

7. 假定／玷污〕胆敢放肆 –

9. 崇拜〕观看

11. 那〕一个

13. 更确信〕更严格 –

15. 勤勉〕勤奋

17. 由〕在 –

*   *   *

从山庄被强行扭送，转入一个不祥之地，从角落里被带走；不安全——《呼啸山庄》《罗兰公子来到暗塔》和《我的生命伫立－一杆上膛枪－》中的流亡，都发生于一个幽灵般的荒凉世界，在那里，生命是一种虚无的劳作，而死亡，则是欲望的梦想。《李尔王》的世界充满了残忍的必然性，在那里，与自然的结合意味着远离舒适，与毁灭的力量同在。

*　　*　　*

托马斯·温特沃斯·希金森在等待加入联邦军队期间写下了这篇反讽性的《致一位年轻投稿人的信》。直到那时，他一直对指挥军团的任命感到望而却步。在他收到艾米莉·狄金森回应他在《大西洋月刊》[1]上发表的这篇文章的第一封信函的当天，他早些时候在伍斯特体育馆的一次聚会上被介绍给一位 M. A.德雷克小姐。当时，德雷克小姐正带着一群女孩参加木制哑铃表演。希金森坚信体育锻炼对女性有益。

不要浪费一分，甚至一秒，试图向他人证明你自己的表现有什么优点。如果你的作品不能证明自己的

---

1 《大西洋月刊》（*Atlantic Monthly*），1857 年 11 月创刊于波士顿，是当时北美新英格兰的一份重要期刊，发表了爱默生、朗费罗、洛威尔、希金森等当时文坛领袖的大量作品，涉及教育、废奴、时事、文学等各个领域。从创刊起狄金森家即开始订阅，艾米莉始终是这份期刊的热情读者。

价值，你也不能证明它的价值，但你可以踏踏实实地去做一件不需要任何代言人而只需要自己的事情……但不要因默默无闻而自负，正如不要因声名狼藉而自鸣得意。许多优秀的天才长期被忽视，但如果所有被忽视者都是天才的话，我们会如何呢？从两个极端推理都是不可靠的。

（《致一位年轻投稿人的信》，1862 年 9 月）

希金森对狄金森的信函和所附诗歌相当感兴趣，立即通过邮件给她写了回信，并给予她鼓励和建议。虽然在她有生之年，他从未发表过她的哪怕一首诗，但他对她的重要性却是真实而持久的。在她有生之年，他们的书信往来从未间断。希金森小心翼翼地保存着她的信和她寄给他的诗，但他给她的回信已基本遗失。《我的生命伫立－一杆上膛枪－》从最直白的意义上讲，可以理解为她的灵魂对自己竟大胆追捕他而产生的惊愕反应。

*   *   *

II

And now We roam in Sovreign Woods –

And now We hunt the Doe –

And every time I speak for Him –

The Mountains straight reply –

于是，我们在主权的丛林游荡 –

于是，我们把母鹿追捕 –

每当我代他说话 –

群山直接应答 –

  皈依是一种死亡，是陷入爱的强大吸引力之中。权力，一旦上身，是冷酷无情的。诗人是一个中间人，通过纠缠不清、浩瀚无边的文字森林，猎取形式之外的形式，主题之外的真理。谁拥有这片森林？诗性游荡的自由意味着狩猎的自由。莎士比亚曾一度游荡的领地是否拥有主权？从那时起从未被触及，现在仍然不可触及。狄金森用古老的方式将"sovereign"（主权）拼写为"Sovreign"，因将"S"大写，既分解也增强了它的力量。Sovereign 源于欧洲。

主权就是整个国家。

（约翰·亚当斯[1]，《保卫美国宪法》）

美国是由逃向自由的公民组成的，在大革命后没有君主。其中一些公民，在逃避宗教和政治迫害的同时，也随身带来了奴隶制。

个人就是主权，对他自己、对他自己的身体和心灵的主权。

（约翰·斯图尔特·密尔[2]，《论自由》，第22页）

美洲印第安人发现，信任"主权"这个代码可能意味着一切，也可能什么都不是。

---

1 约翰·亚当斯（John Adams, 1735—1826），美国政治家、律师、外交家、作家和开国元勋，独立战争的重要领袖，美国第二任总统（1797—1801）。他也是一位勤奋的日记作家，而且经常与同时代的重要人物通信，包括他的妻子和顾问阿比盖尔·亚当斯以及他的朋友和政治对手托马斯·杰斐逊。

2 约翰·斯图尔特·密尔（John Stuart Mill, 1806—1873），19世纪英国哲学家、政治经济学家，自由主义的重要理论家，发表《政治经济学原理》《论自由》等，影响深远。

SÓVÉR-EIGN（suv'erin），形容词［法语 souverain；意大利语 sovrano；西班牙语、葡萄牙语 soberano，源自拉丁语 supernus、super。早期作家如乔叟等人将这个词拼写为 soverain、souvereyn，这比现代拼法更符合其词源意义］。

1. 权力至高无上的；拥有至高无上统治权的。

2. 至高无上的；高于一切的；占主导地位的；有法律效力的。

3. 至高无上的；修饰一个国家的首任地方长官。

SOV'ER-EIGN（suv'er-in），名词

1. 至高无上的领主或统治者；拥有最高权力而不受控制的人。

2. 最高行政长官。

3. 英国的一种金币，价值 20 先令或 1 英镑。

——同义词：国王；王子；君主；强权；皇帝。

（诺亚·韦伯斯特，《美国英语词典》，1854 年）

"上帝的任意性和至高无上的喜悦"

（乔纳森·爱德华兹）

狄金森从上帝那里夺走了主权，将其赋予了丛林。

*　　　*　　　*

> 她的美德超出一切最为圣洁，
>
> 宛如上帝拥有帝王之大能；
>
> 她的主权之力于此最充分展现，
>
> 无论善恶，他都处置以公正，
>
> 他的一切作为都以正义襄助。
>
> 还将此种力量让诸王继承，
>
> 像他一样让他们拥有辉煌之景，
>
> 坐上他的尊位，将他的事业完成，
>
> 依照他的成命，治理好他的子民。
>
> （《仙后》，卷 5，序文，第 10 节）

　　古代合法主权的概念是神圣而崇高的。国王代表上帝，通过神授的法令统治他的臣民，这是上帝、国家和人类生活三方交会的寓意结点。他被真正的神圣所环绕。对这一世袭权威的效忠是由他的子民自愿提供的，不存在私利或任意胁迫。服从是无私的、理想主义的、不容置疑的。

威严的至尊女神，于最高之位

　　坐于审判席，代替全能之尊，

　　她以显赫的大能和惊人的智慧

　　为您的子民将正义稳妥裁定，

　　令最遥远的国度满怀敬畏。

　　请宽恕您最卑贱的仆人，

　　竟胆敢谈论如此神圣之对象，

　　正如你伟大的正义所祝祷：

作为明证这里有您的阿西高。

（《仙后》，卷5，序文，第11节）

　　英国与欧洲天主教势力在16世纪展开了一场生死存亡之战。埃德蒙·斯宾塞和许多伊丽莎白时代的知识分子都坚信英国贵族世袭的正当性。斯宾塞在《仙后》各卷中向伊丽莎白呈上的献礼，将它们的影子和象征交叉延展。这些对女性君主的赞美不仅仅是奉承，而且基本上没有因为他这位节俭君主对他的真正忽视（包括文学上的和政治上的）而受到影响。

新教徒伊丽莎白·都铎在埃德蒙·斯宾塞的想象中被尊为信仰的捍卫者和英格兰权力的象征。在她贞洁的主权的神圣奥秘中，自然界所有预先联系在一起的事物都为他而动。作为格洛丽亚娜（Gloriana）、乌娜（Una）、贝尔福贝（Belphoebe）、弗洛里梅尔（Florimell）和布里托马特（Britomart），她与曾是玛丽的玫瑰重新焕发出神秘的光彩。伊莱（Eli）安息日在希伯来语中是安息日之神的意思。作为不列颠的君主，她是人与天堂之间的中介。

"伊丽莎白，爱的女王与和平王子"

也是一位处女。她是空间、有限和女性的有形象征，代表着智慧、贞洁和优雅。对于伊丽莎白时代的诗人来说，尽管新教对《圣经》文本进行了历史的和宗教上的修正，但对古老、专制和女性事物的虔诚和自愿服从的记忆仍然是一种活跃的意识元素。伊丽莎白代表着维纳斯、狄安娜、玛丽、伊瑟尔德、劳拉、贝雅特丽采 [1]——伊丽莎白是雌雄同体

---

1 维纳斯（Venus），古希腊爱与美之女神；狄安娜（Diana），古希腊月神和狩猎女神；玛丽（Mary），耶稣的母亲，童真女和圣母；伊瑟尔德（Isolde），《亚瑟王传奇》中的女主人公；劳拉（Laura），意大利诗人彼得拉克十四行诗所赞美和向往的理想情人；贝雅特丽采（Beatrice），但丁的理想情人和《神曲》中的圣洁女性、精神的引导者。

的，甚至是失落的伊西斯[1]的辉煌。在前百科全书时代（pre-encyclopaedic）的 16 世纪，古代作家、被埋没的文化和未曾梦想过的文明不断被发现。语言以失落的完美理想为参照。

普鲁塔克，狄俄尼索斯神秘教的入会成员，相信灵魂不灭，他曾翻译过埃及伊西斯女神雕像上的一段文字："我是一切，是现在、过去和将来的一切，凡人无法揭开我的面纱。"在言与意之间的盲点，是谁在发出她自己的声音？言语向其内在的名字敞开大门，在双重魔法和距离的危险游戏中穿越思想。主权的入会秘密……山曾经是女性的。

Sweet Mountains – Ye tell Me no lie –

Never deny Me – Never fly –

Those same unvarying Eyes

Turn on Me – when I fail – or feign,

Or take the Royal names in vain –

Their far – slow – Violet Gaze –

My Strong Madonnas – Cherish still –

---

1 伊西斯（Isis），古埃及女神，司繁殖和丰收。

The Wayward Nun – beneath the Hill –

Whose service – is to You – Her latest Worship –

When the Day

Fades from the Firmament away –

To lift Her Brows on You –

甜蜜的群山 – 你不对我说谎 –

从不拒绝我 – 从不飞走 –

那同样坚定不移的眼睛

转向我 – 当我失败 – 或假装，

或者徒然占用皇家之名 –

以她们悠远 – 舒缓的 – 紫色凝视 –

我强大的圣母 – 依然珍惜 –

山脚下 – 那位任性的修女 –

她为你 – 奉上 – 她最新的崇拜 –

当白昼

渐渐从苍穹消隐 –

向你扬起双眉 –

（J722/F745）

伊丽莎白已经看到，在一个世袭的独裁政体的世界里，婚姻对女君主来说是毁灭性的。她死后不久欧洲即陷入长达三十年之久的野蛮战争中。在 17 世纪的英国和北美殖民地，主权和君主这两个词对于哲学、科学、宗教辩论和反叛中发生的思想和政治斗争至关重要。旧的范式被打破，新的正在形成。深刻的变革带来了狂躁的宗教热情，以及以迫害形式出现的歇斯底里，这在几乎所有人身上都留下了印记，包括早期的美国定居者。为了安全起见，"启蒙的" 18 世纪把上帝变成了一个明智的钟表匠，他的世界时钟嘀嗒作响。它不再需要 "他" 或他在人间选定的代表来上发条。法国大革命后，古代主权概念及其邪恶与美好的混合能力，在西方世界被有效打破。

托付于某物，确定，安全……"主权" 在语言中游荡，在 "统治"（Reign）那液态的暗示性中，蒸馏出 S，即太阳（Sun），其源泉，以及被闷在下面的世俗信息、傲慢、历史和停顿。在其英语发音中，无声的 g，如天鹅一般，滑过 n，在喉咙后部，化入一个渐渐消失的点。美国人艾米莉·狄金森将这个三音节单词一分为二。"现在，我们游荡在主权丛林 –"（And now We roam in Sovreign Woods – ）。在短短的一行中有五个不押韵的 "o"，重音在最后一项，突出了它的美。

> 多少回我看见灿烂的清晨
>
> 以至尊之眼取悦山峦之巅，
>
> 用金色的脸庞亲吻青翠的草场，
>
> 以天国的炼金术为苍白的溪水镀金：
>
> （莎士比亚，《十四行诗》，第 33 首）

主权，具有雅努斯的双重面孔，象征自由和顺从，令人无限神往。

* * *

在各自独白的开篇，勃朗宁的《罗兰公子来到暗塔》和狄金森的《我的生命伫立 – 一杆上膛枪 –》，都在当下存在的边缘找到了某种指引。他们怀揣一种智识上的宏伟雄心，试图向一切诗歌的残损信息的周边靠近，担心自己的能量功亏一篑。他们的语言必须是凝练的、紧张的，有时甚至是暴力的。英国伊丽莎白时代的桂冠诗人用往昔虚构文学中的追寻骑士引诱着他们。[1] 风度翩翩的骑士、避世的隐士、贞洁的少女，他们或逃逸，或折回，或消失，或受伤，或追逐。在寓言的丛林中，词语高声喧嚷，可以一路回溯到莎士比亚、班扬和弥尔顿。

*　　　*　　　*

枪在主观空间中徘徊，是她自身的掌控范围的象征。枪只是一种武器。没有主人握枪、瞄准、扣动扳机，她就没有用武之地。狄金森所处的阶级和时代的女性，在法律和经济上依赖于她们的父亲、兄弟或丈夫，这让她们心理受损。她们被排除在经济竞争（狩猎）之外，被迫屈从于被动的消费主义。对于清教徒的天性来说，幸福建立在神圣的工作伦理之上。欲望就是求取的过程。欲望是能量，虚幻不实。时间的主宰萦绕着每一首诗作。时间是斯宾塞笔下的"嚣张的野

---

1 这里指丁尼生，他以神话和传奇故事为背景，创作了多部长篇叙事体诗作，传达出那个时代的普遍趣味和情感。

兽"[1]，是掠夺性的历史，是不受限的必然。在梅林[2]的魔镜的空洞中，在特洛伊的埃涅阿斯[3]西游之前和之后……主权始终把持着继承权不放。

斯宾塞的"嚣张的野兽"也是柏拉图的"巨兽"[4]。这巨兽是社会之兽。群众或集体让错误看似正确，因为我总是出于虚假的顺从而屈服于强制命令。巨兽可能是被历史铭记的一切，也可能是诗歌受到追捧的全部所在。从群众和诗人那里飞散而去之物——其意义非诗人所指，唯有这一类引用（allusion）的虚幻性（illusiveness）才是真正有主权的。

*　　　*　　　*

意义具有肉体的层级。《我的生命伫立－一杆上膛枪－》聚焦于对权力的热望。两个分离的灵魂被捆绑在一起。白昼

---

1 "嚣张的野兽"（Blatant Beast）见斯宾塞的《仙后》，这头野兽或怪物是社会上的诽谤之声的化身。也有学者认为，斯宾塞可能以"嚣张的野兽"暗讽当时的清教徒。

2 梅林（Merlin），英国中世纪亚瑟王传奇中的魔法师。

3 埃涅阿斯（Aeneas），古希腊罗马神话中的特洛伊英雄，关于埃涅阿斯战后的逃亡与漫长的游历，详见古罗马作家维吉尔的史诗《埃涅阿斯纪》。

4 柏拉图的"巨兽"（Great Beast）见《理想国》，他以"巨兽"隐喻由盲目的群众主宰的社会。

很快变成黑夜，皈依变成狡诈，结合变成性侵犯。一位伟大的诗人，带着她的父辈们古老的想象力，要求每一位读者从一个具有确定含义的地方，跳跃到一种新的情景之中，一个尚未发现的和具有至尊主权的地方。她通过恭敬和反抗，把过去的识见带走，把它带入我们思想的未来。

To recipient unknown   *about 1861*

I am older – tonight, Master – but the love is the same – so are the moon and the crescent. If it had been God's will that I might breathe where you breathed – and find the place – myself – at night – if I (can) never forget that I am not with you – and that sorrow and frost are nearer than I – if I wish with a might I cannot repress – that mine were the Queen's place – the love of the Plantagenet is my only apology –

(L233, from second "Master" Letter)

致不明收信人   *约 1861 年*

我变老了-今夜，主人-但爱始终如一-满月

和弦月亦然。如果这是上帝的意志，让我在您曾呼吸
之处呼吸－并让我自己－发现那地方－在夜里－如
果我永远忘不掉我不能和您在一起－忧伤和寒霜挨着
您，比我更近－如果我用我无法抑制的力量希望－我
的就是女王的位置－对金雀花王朝的爱就是我唯一的
辩白－

（L233，引自第二封"主人"书信）

　　玛格丽特王后　金雀花放弃了金雀花，

　　　　　　　爱德华为爱德华偿还性命。

（《理查三世》，第4幕第4场，20—21）

＊　　＊　　＊

内乱创伤

　　莎士比亚的四部"玫瑰战争编年史"是一系列规范的
快节奏的戏剧，按照严格的仪式性的顺序排列。莎士比亚在
世期间，这些剧作是他所有剧作中最受欢迎的，但现在除了
《理查三世》之外，这些剧作已经很少上演了。每部剧作都

有一个独立的结构，在一组更开阔的戏剧结构内部，处于更广泛的政治计划结构之中。它们的系列剧形式借鉴了古老的中世纪神秘剧。像《奥瑞斯提亚》三部曲一样，按照顺序演出，《理查三世》是其高潮。决定剧情走向的是真实历史，都铎王朝获得正义回报的历史，而不是像《李尔王》和《麦克白》那样的半神话。英格兰因君主理查二世被谋杀而陷入内乱和流血的诅咒之中，理查二世也因此成为上帝的受膏者。

> 下来，下来，我来了；就像闪闪发光的法厄同[1]！
>
> 想要管理那些桀骜不驯的老马。
>
> 在阶下庭？阶下庭，国王正是在那里堕落，
>
> 奉着反贼的呼召，向他们朝拜。
>
> 在阶下庭？下来？下来！下台的国王！
>
> 因为夜枭的尖叫已取代了冲天云雀的歌鸣。

> （《理查二世》，第3幕第3场，178—179）

理查在被俘和被杀之前这样喊道。就像伊卡洛斯[2]和法厄

---

1 法厄同（Phaeton），太阳神的儿子，一次，他驾驶父亲的带翼的太阳马车，导致马车离开原来的轨道，在天空乱跑，引发一系列灾难，后来，宙斯用霹雳制止混乱，法厄同从马车上跌落身亡。

2 伊卡洛斯（Icarus），古希腊工匠代达罗斯（Daedalus）的儿子，他乘着父亲做的蜡制翅膀飞翔，因离太阳过近，蜡翼受热融化，坠海而死。

同一样，理查·金雀花，白玫瑰家族，升得太高，最终也像他们一样坠入黑夜和死亡之海。在莎士比亚的作品中，这两个关于人类向太阳献祭的故事一直萦绕在残暴的国王和贪婪的群臣之间，正如厄运的诅咒一直萦绕在这片土地上。

*　　*　　*

> 克列福　如今法厄同已从他的马车上跌落，
>
> 　　　　把辉煌时分的正午变为一片暗夜。
>
> 约克　　我的骨灰，如凤凰复活，会诞生出
>
> 　　　　一只鸟，向你们所有人复仇：
>
> （《亨利六世》下，第1幕第4场，33—36）

　　在这个内乱失序的阴惨世界，死亡是得意的赢家。保护人是杀人犯，兄弟鄙视兄弟，婚姻解体，阴谋诡计乐此不疲。蛇怪、蜥蜴、巨蟒、尖叫的乌鸦、刺猬、蟾蜍、虎、狮、狼，所有捕食的野兽和爬行的动物都与卑鄙和互相仇杀的人类相匹配。在《亨利六世》(下)中，无政府状态统治着整个王朝、每个家庭和每个人的灵魂。所有的主角都在命运的轮盘上无助地上下摇摆——无能为力。那顶王冠如此软

弱无力地戴在亨利国王的头上，已成为一个抵押和一纸嘲讽。葛罗斯特的驼背查德，约克的凤凰，国王最骁勇善战的儿子：

> 然而，我却不知道如何获得王冠。
>
> 因为我和家园之间还隔着多条生命；
>
> 而我——就像一个人迷失在荆棘丛中，
>
> 割开荆棘，又被荆棘割伤，
>
> 探寻一条道路，又偏离道路；
>
> 不知怎样才能找到那片开阔地，
>
> 却又拼尽全力定要把它找到——
>
> 　　　（《亨利六世》下，第 3 幕第 2 场，172—178）

理查开始将周围无拘无束的无政府状态汇聚到自己身上。就像一位集演员、作家、艺术家于一身的海神普洛透斯：

> 啊，我会微笑，一边微笑一边杀戮；
>
> 面对那令我心伤的一切，哭泣且满意；
>
> 用假装的泪水打湿我的脸颊，

变换我的面容随时随地。

……

我的颜色比变色龙更丰富；

比普洛透斯的形体更多变，只要对我有利，

能让凶残的马基雅维利进学堂。

我能做到这一切，却无法得到一顶王冠？

啧啧！哪怕再远我都要把它摘取。

（《亨利六世》下，第 3 幕第 2 场，182—185，191—195）

　　他化身为恶魔之形。在《亨利六世》接近尾声时，这位屠夫将他的羔羊逼至墙角，他杀死了他的国王，正如玛格丽特王后和克利福德谋杀了他的父亲约克一样。转轮已经转了一圈。在伦敦塔中，理查·金雀花的篡位者，骄傲的波林波洛克（Bolingbroke）的这位温顺的孙子，亨利六世，向自己的刽子手大声说道：

　　我，代达罗斯，我可怜的孩子伊卡洛斯；

　　你的父亲，米诺斯，阻绝了我们的航程；

　　太阳烤化了我可爱的孩子的翅膀，

　　你的兄弟爱德华，还有你自己，大海。

那妒忌的海湾吞噬了他的生命。

啊，用你的武器杀了我吧，不要用言语！

（《亨利六世》下，第5幕第6场，20—28）

*　　　*　　　*

纯洁的象征被杀害，太阳在血红的烈焰中跌落，即使正当正午时分。在这四部相互关联的悲剧中，"主权"一词一次又一次地重复出现，充满了辛辣的嘲讽。

在塔楼那无法穿透的秘密中，忧郁和传染性的毒液正步步逼近。在这里，"虚伪善变的立假誓的克拉伦斯"将被刺死，然后淹死在酒桶中。在这里，理查，他们的叔父和保护人，将闷死他的两个小侄子。在这个隐秘的政治活动施展身手的场所，冷酷的预谋与复仇的正义相互搏斗。

杀手甲　　　我们也只是依命行事而已。

杀手乙　　　发出命令的就是我们的国王。

克拉伦斯　　荒唐的臣仆呀！那高贵的王中之王早在他
　　　　　　立下的法律上立下了"不能杀人"的告诫，

你们怎敢不遵从他的意志而听从一个普通
人的吩咐呢？小心；真正的神明手执惩治
之棰，谁违反了天意，他就要责打谁。

（《理查三世》，第 1 幕第 4 场，198—205）

先知般的克拉伦斯。在这个"神的复仇"的加尔文主义
的宇宙里，他的弟弟理查代表着纯粹的邪恶，这邪恶没有合
理的解释。作为恶棍，理查是一个必要的恶棍，是大敌，是
一只"瓶子里的蜘蛛"，他在人间的作用就是替上帝祸害那些
犯错的人。一旦上帝的愤怒得到平息，受苦受难的民族就会
重获恩典，约克和兰开斯特分裂的家族就会在都铎的里士满
和伊丽莎白的联姻中和平统一。

*　　　*　　　*

一个暴君或引诱或毁灭。巫师—暴君理查用双关语引
诱。在《亨利六世》（下）的进程中，他一步步施展身手，实
施他大胆的智力优越论。莎士比亚的语言戏法让理查的同伴
们无法确定他的真正含义，仿佛听觉上的不确定性会让这些
虚构的历史幽灵隐身。我们这些观众，一分为二，一边谴责理

查的捕鼠器式的含糊其词的同时，一边为之鼓掌。这个阴影中的生物，他的话语就像一件刺绣精美的斗篷，遮住了他身体和道德上的畸形；这个变色龙，他的起源是动荡的四部曲中的暴力阴谋，他像一声枪响，孤独地闯入了他自己的悲剧中心：

> 此刻在那约克的太阳的照耀下
>
> 我们那如寒冷的冬季一般
>
> 结了好长时间的仇隙已经
>
> 变成了温暖的夏季的景色。

（《理查三世》，第1幕第1场，1—4）

命运将理查推向了历史的非个人的力量。在他的第一段独白中，他打破了事物的秩序，扭转并揭示了可疑的意义结构。他的个人命运和政治命运都掌握在超自然和形而上学的"愤怒"手中，而个人在"愤怒"面前只是一个代码。在这个道德秩序颠倒的世界里，冬天是夏天，爱情是嫉妒，和平是危险；约克的儿子、国王爱德华游手好闲、荒淫无度。理查只对一件事保持忠诚，那就是他自己的野心。诺言、信仰、人道、孝道，都不值一提，跟"奖赏"二字相差无几。作为权力的象征和奖赏，统治者头上的王冠就是极乐世界。为了象征性的权力，他将欣然投身于那个他所违逆的世界法则，与之对抗。

在四部曲中，唯一能与理查那可疑的卓越相提并论的人物是玛格丽特王后。与理查一样，她与其他角色保持奇怪的隔绝，与他一样，她也有着过人的野心。在《亨利六世》的结尾，她被赎回法国，成为一名逃亡者，完全失去了权力。她在《理查三世》中再次出现，扮演报应的代言人——母后阿特（Ate），一个仪式性的人物，一个占卜者，她以重复而骇人的诅咒，吁求《旧约》向她的全部敌人发起复仇。玛格丽特是莎士比亚笔下最伟大的女性之一，是克里奥佩特拉和麦克白夫人的前身。战争的无情屠杀抹去了她早年的美丽和活力。在一连串盲目的暴力中动荡沉浮，直到她的情人萨福克和儿子去世，玛格丽特一直是厄运的先声。

以母后为首的女性构成了这四部男人搏杀剧的框架。除了玛格丽特之外，女性都在瘫痪无力中忍受着战争的磨难。在整个四部曲中，尤其是在《理查三世》中，她们为阴谋诡计和谋杀模式提供了诗意的结构。在第4幕倒数第2场中，她们聚集在一起，就像众多的海伦和赫卡柏一样，为她们失去的儿子、丈夫、兄弟、父亲、朋友和爱人而悲伤。在这押

韵的轮唱哀歌中,"地狱的黑暗的报信人"理查,打破了这一精心编排的女人对女人说话的仪式:

> 把喇叭吹响!把鼓敲响!
>
> 不要让众天听见这两个长舌妇
>
> 冒犯天尊:我命令,敲起来。
>
> (《理查三世》,第 4 幕第 4 场,149—151)

喇叭和鼓声回应,反转了骑士罗兰的号角,如同末日的总号角。战争的铜管乐淹没了他们的咒语。

*   *   *

在诗歌理性的高度形式化的修辞中,隐藏着性变态的无理性。理查一心想支配女性的虐待狂欲求,猎人的掠夺性的野蛮行为,在莎士比亚押韵的诙谐和文字游戏模式中被压制,但并未完全消失。求爱与诱捕、婚姻与谋杀,一次又一次地联系在一起。腐朽主权的粗暴野蛮产生了一种建立在剥削和胁迫基础上的政治失衡体系。

理查王	说我一定会热爱她,至死不变。
伊丽莎白王后	然而这个至死,到底什么时候开始,什么时候结束呢?
理查王	在她那完美的生命中始终散发着芳香。
伊丽莎白王后	然而她那芳香扑鼻的生命又能完美多长时间呢?
理查王	与上苍和大地同样长寿。
伊丽莎白王后	由地狱以及理查决定。
理查王	说我作为一国之君,随便听她使唤。
伊丽莎白王后	然而作为一位臣侍,这种君权她不屑一顾。
理查王	为了我,请你能言巧辩地说服她。
伊丽莎白王后	最容易让人心动的是老老实实。
理查王	那么,请把我的这片真心老老实实地告知于她。
伊丽莎白王后	老实,但是不真实,说出来很不舒服。
理查王	你的话过于轻浮,过于随心所欲。
伊丽莎白王后	啊,错了,我的话不但深刻,而且不卑不亢;可怜的小家伙们早已变成了一抔黄土,悄无声息了。

理查王	不要旧话重提，夫人，死者早已死了。
伊丽莎白王后	我就要旧话重提，直到我心碎之时。

（《理查三世》，第 4 幕第 4 场，349—365）

* * *

《我的生命伫立－一杆上膛枪－》是狄金森最有力、最令人费解的诗歌之一。第一节似乎是对《罗兰公子来到暗塔》第一节的直接回应。在第二节中，她对勃朗宁在他的戏剧独白中对莎士比亚早期历史剧的借鉴进行了评估。布洛格拉姆主教在他的《辩解》中直言不讳地说道："我们想要的东西是一样的，莎士比亚和我本人／而我想要的，我已经有了。"《布洛格拉姆主教》以及《暴君施压》《最后一次同乘》都收录在勃朗宁的诗集《男人与女人》之中。莎士比亚笔下的葛罗斯特公爵理查的自我描述模式——他既是恶棍，又是与周围人物格格不入的演讲者——被勃朗宁在自己的诗歌中反复使用。罗兰公子无疑是在模仿理查如何参与了对欲望规则的破坏，尤其是他在《亨利六世》（下）中的自我分析。

为什么，我只是梦想着统治权

就像一个人站在岬角上，

眺望他想涉足的遥远彼岸

希望他的脚与他的眼齐平；

斥责那阻挡了他的大海，

说，他要让它干涸，为他让路：

　　　（《亨利六世》下，第 2 幕第 2 场，134—139）

那立在中间的不是暗塔又是什么？

　　低矮的圆塔楼，暗得像白痴的头脑，

　　这样的褐石塔，世上再也找不到。

在风暴中作弄人的小妖魔

总是这样等他触礁，船体散架，

　　才向船夫指出那看不见的暗礁。

　　　　　　　（《罗兰公子来到暗塔》，第 31 节）

　　　　　　＊　　　＊　　　＊

　　都铎王朝的历史，以其严厉的宿命观，在上帝对英格兰实施计划的过程中，压倒了个人的所有抗争，这惩罚了理查的野心之罪。历史剧是莎士比亚的早期作品，将他与后来的悲剧时期区分开来。这些作品对他的创作发展至关重要。他从中学会了将史诗和悲剧融合在一起，再将它们与历史结合起来，创造出一种全新的东西。《李尔王》和《麦克白》因他在这里学到的知识而更加强大有力。他了解"身体政治"（Body Politic）对每一个国民的微妙影响，也了解一个贤明的领袖需要具备哪些品质。一种截然不同的信仰造就了《李尔王》中的至高无上的人性。在那里，悲剧融化为爱的变形。勃朗宁和狄金森的这两首诗所处的位置，野心仍与统治观难解难分。19世纪的野心充其量只是模糊不清的。科学取代了宿命论。科技以"进步"的名义缓慢而坚定地扼杀着生产的个性化。一位雄心勃勃的诗人可能撞上的"看不见的暗礁"是自由被实用奴役。《我的生命伫立－一杆上膛枪－》探讨了梦想的模糊地带，位于权力与执行、感官体验与虐待狂之间——在这里诗人将跋涉并溅血。她的诗带着似是而非的意义，以乱开枪为乐，是一种模棱两可的前进，是伪装的独立高音。在第二节的后半部分，她会因为被释放到欲望的主权之中而退缩，那里是一个像死亡一样明确的力场（force-field），超出了她的意志控制范围。

1865]   *To Louise Norcross*   March

I have more to say to you all than March has to the maples, but then I cannot write in bed. I read a few words since I came home – John Talbot's parting with his son, and Margaret's with Suffolk. I read them in the garret, and the rafters wept.

1865 年]　致露易丝·诺克洛斯　　　　　　三月

我想对你说的话比三月想对枫树说的还多，但我在床上无法写。回家之后我读了一些句子——约翰·塔尔博特辞别儿子，玛格丽特辞别萨福克。我在阁楼里读着，木椽都哭了。

（L304）

艾米莉·狄金森因某种神秘的眼疾去剑桥接受治疗，回家后不久便给她的表妹写下这封信。她不得不小心翼翼地节省阅读量，她选择了《亨利六世》中部和下部里的一些段落。

玛格丽特王后　　好了，亲爱的萨福克，你在折磨自己；

　　　　　　　这种可怕的咒骂，如阳光射向镜子，

　　　　　　　或如火药装载过多的大炮，会发生反弹，

　　　　　　　反过来伤及你自己。

萨福克　　　　你之前叫我诅咒，如今叫我停下吗？

　　　　　　　现在，凭我就要被迫远离的国家，

　　　　　　　即使让我一丝不挂站在冰天雪地

　　　　　　　因酷寒而寸草不生的山顶，

　　　　　　　我也会在冬日的夜深时分诅咒一个晚上，

　　　　　　　只将其视为短暂的娱乐。

（《亨利六世》中，第 3 幕第 2 场，329—338）

　　作为一名伟大的诗人，狄金森拥有变色龙般的能力，她可以在诗节的中间通过一个词，甚至一个字母，来改变颜色。出于她自己的理由，莎士比亚这四部历史剧让她特别感兴趣。这可能仅仅是因为"金雀花"（Plantagenet）这个音乐一般的单词。也许她本能地理解了莎士比亚深邃的语言怀疑论，这种怀疑论迫使莎士比亚一边让他的历史人物说着这些话一边却削平了他们说的话。艾米莉·狄金森很可能在1861 年写下了第二封"致不明收信人的信"；而按照约翰逊的系年，她于 1863 年写出《我的生命伫立－一杆上膛枪－》；
1865 年，她寄出了这封给露易丝·诺克洛斯的信，正是在
这几年期间，她写出了许多优秀的诗作。美国战争的胜利方
是联邦军。那年三月，她从莎士比亚的历史剧中读到的段落
涉及几个世纪前在另一个国家发生的另一场内战。那场战争
似乎以虚构的方式包裹着她自己的战争。所有战争都是一样
的。代表形式和秩序的文化总是要求牺牲，要求一个群体征
服另一个群体。

*　　　*　　　*

1865 年］在她给露易丝·诺克洛斯写信的一个月后，4 月
15 日晚，约翰·威尔克斯·布斯（John Wilkes Booth）刺杀
了林肯，当时总统正在福特剧院看戏。布斯出身于一个著
名的戏剧世家。他的父亲朱尼厄斯（Junius）和哥哥埃德温
（Edwin）因演出《国王理查三世》而备受推崇。埃德温的古
怪性格和他著名的击剑能力经常迫使扮演里士满的演员在舞
台上拼命。

*　　　*　　　*

伊迪丝·西特韦尔[1]称《理查三世》为"太阳坠落仪式"，称"亨利史诗"为"一场伟大的黑暗仪式"。鹰和太阳都是阳刚的象征。鹰是美国的国徽。

结果表明，他的计算是多么精确，鹰甚至没有改变它的飞行姿态，一圈圈在他的空气圆环中翱翔，俯视着它的敌人，仿佛在蔑视他们。

"现在，朱迪丝，"猎鹿人笑着喊道，眼睛里闪烁着喜悦的光芒，"同样，我们会看到猎鹿枪并不是猎鹰枪!"……接下来是瞄准，重复了一遍又一遍，那只鸟继续越升越高。随着一道闪光和爆裂声。迅捷的信使飞快地向上飞去，就在下一个瞬间，那只鸟儿侧过身来，俯冲而下，时而用一只翅膀挣扎，时而用另一只翅膀挣扎，时而在原地打转，时而又拼命扇动翅膀，好像意识到自己受了伤，直到在原地转了几个完整的圈后，重重地摔在方舟的一端……特拉华人顺着翅膀托起这只巨大的鸟儿，它用无助的眼神注视着它的敌人，猎鹿人感叹道："我们做了一件轻率之事，萨彭

---

1 伊迪丝·西特韦尔（Edith Sitwell, 1887—1964），英国诗人，小说家，发表多部诗集以及传记体小说《我活在黑太阳下》（1937）。

特——是的，朱迪丝，我们做了一件轻率之事，我们夺去了一条生命，不过是为了那点儿虚荣而已！"。

（JF·库柏：《猎鹿人》，第 2 卷，第 10 章）

猎鹿枪正是一杆猎人的枪。我们一起狩猎和杀戮，以此取乐。美国的拓荒者一般都是为赚钱而来的男人。西部的土地和东部的土地一样，都是可以牟利的商品。南北战争是否会为我们赎去原罪？在艾米莉狩猎母鹿的"发现之囚禁叙事"（Captivity Narrative of Discovery）的前两个迁移中，未被提及的太阳闪耀着它与主权的神话般的亲缘关系，射出它的韵律——与枪共情的瞬间热度，一直在平稳下降。狄金森，一个未婚的美国公民，她的名字里永远写着"儿子"（son）[1]，她从正午的黑暗面冷冷地看着上帝。

*　　*　　*

---

1 这里指 Dickinson（狄金森）这个姓氏的拼写中包含着 son（儿子），同时，"儿子"（son）与"太阳"（sun）发音相同。

吸引、启动和谋杀意图

一次夜火狩猎速写。

有两个人是不可或缺的。走在前面的骑手肩上扛着一个所谓的火盆，里面装满了熊熊燃烧的松节，在森林中投射出耀眼的强光。第二名骑手远远地跟在后面，手里的步枪已经准备就绪。这对猎人把森林点亮，化为一道强光，这场景令人印象深刻，无出其右。静静地躺在草丛中的鹿被这驶来的车队惊醒了，它并没有飞快地躲避这耀眼的光芒，而是呆呆地望着它，好像被迷住一般。这只动物那天真无邪的眼睛里闪烁的光芒暴露了它的劫数。这种确保致命一击的残忍方式，用猎人的话说，叫作"闪眼"。

傍晚时分，两个年轻人早早就来到了农夫田地的一角。年轻的布恩习惯性地向他前面的骑马同伴发出信号，示意他停下，这表明他看到了一只鹿的眼睛。布恩下了马，把马系在一棵树上。在确定步枪没有问题后，他小心翼翼地走到灌木丛后面，以达到合适的射击距离。鹿的眼睛闪闪发光，非常漂亮。两只眼睛的温和光彩清晰可见。我们不知道他是被一种预感警告了，还是被一阵心悸和内心的奇怪感觉吓住了，因为他注意到了闪烁在他心头的蓝色和露珠般的光芒中的新表情。但是，一向准确无误的步枪垂下来，一阵沙沙声告诉他，猎物已逃走。有什么东西在悄悄告诉他，那不是鹿；然而，当猎物飞奔而去时，那娇健的步伐很容易被误认为是一只轻脚动物的步伐。

丹尼尔·布恩[1]认错了猎物的种类。那只鹿是邻家农夫十六岁的女儿，她正在逃离，她以为附近有一只豹子。

这位面色红润、长着亚麻色头发的女孩站在那里，完全暴露在她可怕的追捕者面前，他倚靠在他的步枪上，带着最热切的爱慕打量着她。"丽贝卡，这是年轻的布恩，我们邻居的儿子。"这就是他们直截了当的介绍……这样的介绍造成了有利的结果，年轻的猎人觉

---

1 丹尼尔·布恩（Daniel Boone，1734—1820），美国西部拓荒者，他因在肯塔基的探险和定居而成为美国最早的民间传奇英雄。当时的肯塔基州在13个殖民地的边界之外。1775年，他开辟了穿过坎伯兰峡谷进入肯塔基州的荒野之路，到18世纪末，有20多万人沿着布恩标明的路线进入肯塔基州。布恩死后，他成为许多英雄故事和小说作品的主角，他真实而传奇的冒险经历造就了美国民间传说中拓荒者英雄的原型。

得鹿的眼睛照亮了他的胸膛，就像他的步枪射中了灌木丛中无辜的鹿一样致命。她也一样，当她看到猎人高高的、开阔而大胆的额头；……坚定的正面，以及猎人果断和无畏的明显印记；当她看到猎人的眼神清楚地告诉她："要是开了枪，该有多么可怕！"很难说她对猎人无动于衷。……至于布恩，他已无可救药地被她的眼睛击伤，那双曾被他"照射"过的眼睛，而他又有一个显著特点，"永远不会被打败"，所以他不停地求爱，直到捕获了丽贝卡·布莱恩的芳心。简言之，他向她求爱成功，他们结婚了。

（蒂莫西·弗林特，《西部的第一个白人，或丹尼尔·布恩上校的生活和探险》，第 1 章）

蒂莫西·弗林特（Timothy Flint，1780—1840），传教士、科学家、地理学家、编辑、小说家和诗人，他是 19 世纪上半叶最受东部读者欢迎的西部阐释者。他的第一部《丹尼尔·布恩传记回忆录》出版于 1833 年，是约翰·费尔森（John Filson）1784 年版《肯塔基》相关内容的加长扩展版。弗林特曾见过布恩，他仔细查找了旧报纸上的文章，采访了在世的家庭成员，并从当地的八卦和传说中收集了他能找到的所有材料。借助这些材料，他为读者呈现了这位肯塔基州先驱猎人迄今为止最准确、最完整的生平。尽管弗林特笔下的布恩以事实为基础，但这些事实经过巧妙编排，塑造了一个绅士哲学家的形象。他有意识地将原型意象引入真实故事，并经常将猎人的准神秘的"召唤"与画家或诗人的"召唤"相提并论，从而使西部拓荒者往往嗜血成性的贪婪迎合了东部读者的口味。

*　　　*　　　*

1767年，一位名叫芬利（Finley）的边地居民带着几个同伴从田纳西州出发，深入尚未开发的地带。他们来到一处群山环抱之地，称之为"魔地"（Enchanted）。在那里，在高不可攀的悬崖峭壁上，他们看到了太阳、月亮、野兽和蛇的图画，描绘了另一个时代和另一个种族，色彩如此绚丽，宛如新作一般。探险者继续前行，穿过一个遍地新奇的陆地天堂。在鲜花盛开的森林和藤蔓缠绕的灌木丛中，他们发现了鹿、麋鹿、水牛、黑豹、狐狸，在空旷的地方还发现了野鸡、鹧鸪和火鸡。蒂莫西·弗林特告诉我们，后来，芬利和布恩相遇——布恩在听他的前辈猎人描述自己的旅行时有一种感觉，"就像著名画家柯勒乔[1]一样，当时他出身低微、贫穷，没有受过教育，除了天赋之外简直一无所有，他站在不朽的拉斐尔的画作前，说道："我也是画家！"。

– I wish I were great, like Mr. Michael Angelo, and I could paint for you. You ask what my flowers said – then they were disobedient – I gave them messages. They said what the lips in the West, say, when the sun goes down, and so says the Dawn.

(L187, from second "Master" letter)

–我希望自己伟大，一如米开朗琪罗先生，可以为您作画。您问我，我的花儿说了什么–那时它们我行我素–我给它们训话。它们说西方的嘴唇说什么，当太阳下落，黎明也如此说。

（L187，引自第二封"主人"书信[2]）

---

1 柯勒乔（Antonio Allegri da Correggio，1489—1534），意大利文艺复兴时期的画家，17 世纪巴洛克和洛可可艺术的前驱，被誉为明暗对比法的大师。

2 这里实际引用的是第一封书信，译文根据原文，保留不改。

"姐姐跑到河边去，一只画家［黑豹］[1]追她，她差点被吓死，"这个鹿女孩的弟弟，一个懵懂的男孩，惊叹地说道。诗歌是一场闪动着枪弹之火的狩猎，诗人是一只眼睛紧盯光线被瞬间迷住的动物。我的先驱吸引着我走向我的未来。目标坚定是火焰的自由精神。意识的转换－蜕变，可能是一次朝向无言之境的飞跃。创造从来不是占有。丹尼尔·布恩甘愿远离文明的积极进步，只为重新进入一个纯净的清晨，大自然原初的节拍。为了这场冒险，他以身相许，与荒野融为一体，游荡其间。在无文本记载的美洲的过去，听起来像"肯—塔—基"（kain-tuck-kee）的所在是印第安人的地方。布恩曾经说过，一个人的幸福只需要"一把好枪，一匹好马，一个好妻子"。卢克丽霞·冈恩·狄金森[2]性格尖刻。她的孙女艾米莉在发脾气或摔门时喜欢这样宣布："不是我－是我的祖母冈恩！"无关联事物之间的联系正是诗歌的虚幻现实。

* * *

---

1 画家（painter）与黑豹（panther）的发音相似，这里可能指男孩子弄错了姐姐的意思。

2 卢克丽霞·冈恩·狄金森（Lucretia Gunn Dickinson），艾米莉·狄金森的祖母，来自附近的蒙塔古镇，据亲属追忆，她性格孤僻易怒。

"我只是想说，天堂好像不是我的家，我哭得心都碎了，一心想要回到人间；天使们非常生气，把我扔了出去，扔到呼啸山庄山顶的石楠丛中央，我醒来，喜极而泣。这可以解释我的秘密，也可以解释另一个。我根本没必要嫁给埃德加·林顿，正如我根本无意进入天堂；如果不是那里的恶人把希斯克利夫弄得如此下贱，我根本不会想到这一点。嫁给希斯克利夫会降低我的身份，现在；所以他永远不会知道我是多么爱他；而这不是因为他英俊，奈莉，只是因为他比我自己更是我自己。无论我们的灵魂是什么做的，他的和我的是一样的，而林顿的则不同，正如月光不同于闪电，冰霜不同于火焰。"

（《呼啸山庄》，第9章）

半埋在记忆的荒原中，《呼啸山庄》中不休不眠的幽灵恋人，游荡在狄金森诗歌的每一行的边缘。再一次成为孩子，他们冰冷的小手刮擦着她的双重含义的象征地带。在无情的社会文明横扫一切之前，在她的文字之窗上拼写出他们的田园牧歌般的和谐统一如何化为乌有。在童年时代，如果足够幸运，大自然会以其广袤的和谐将我们揽入怀中，让我们对她信心满满。一旦被文明的时序、语法和算术审查同化，就要求我纠正、怀疑、觊觎，我的灵魂因此遭受腐蚀，落入一种扭曲的"职责"定义中。我必须追寻并摧毁我灵魂深处最温柔的东西。一首诗就是一个召唤，是叛逆的回归，回归初始的幸福，在纯粹的遗忘和寻找过程中的自由徜徉。

*　　　*　　　*

And every time I speak for Him –

The Mountains straight reply –

每当我代他说话 –

群山直接应答 –

埃德加·林顿娶了凯瑟琳·恩萧。他爱她，现在拥有她，但他从不懂她。凯瑟琳，背叛了自己的正直天性，被迫抛弃了希斯克利夫 / 她自己，以及她原来的家和名字。按照传统，她必须以林顿夫人的身份为埃德加说话。如果她这么做了，社会（"群山"）就会"直接应答"，并出于合作的习惯拍手赞许。

如果诗人狄金森接受了希金森关于她写作的建议，如果
她像维多利亚时代的女诗人那样写作，文学界也许会"直接
应答"；但在她的头脑或心灵深处，她的灵魂之所，在希斯
克利夫与凯瑟琳同在的地方，她将是一个骗子。"群山直接应
答"想必是过于直接的限制吧。群山真的在听吗？人造枪的
突兀射击只是其主人的自身空虚的一种回响。

*　　　*　　　*

对自由的探索是对主权和贪婪的侵犯，可能将永远与孤
独、流亡和杀戮相连。库柏的"皮裹腿故事"中的猎鹿手是
一个猎人，一个勇于冒险的探路者，一个英雄，也是一个杀
手。这个"我们"（We），诗歌—枪—诗人—王族，剖析了意
志的暴力，它藏在爱的各种关系，全部人类关怀的底部。

> 我抬头望去，尽管夜幕已降下，
> 　不知怎的我发现整个平原已不见，
> 　让位给了群山——美其名为山，

实为溜进视野的一片土岗黑压压。

为何它们叫我如此吃惊？——你来回答！

怎样逃脱？这问题不比那个更简单。

……

突然我万分激动地想到，

　　这就是那个地方！右边两座小山

　　像两头蹲伏的公牛，斗得犄角相缠——

左边是座高山，它的头皮被剥掉……

笨蛋、

傻瓜，才在这时候睡大觉。

　　就为这景象，我受了一辈子锻炼！

（《罗兰公子来到暗塔》第 28、30 节）

＊　　　＊　　　＊

III

And do I smile, such cordial light

Upon the Valley glow –

It is as a Vesuvian face

Had let it's pleasure through –

我开口一笑，光芒何等热烈

闪耀在山谷之上 –

好像维苏威的面孔

将它的喜悦释放 –

天很沉闷，

此刻暮色已降临，但还投下

一缕阴森血红的目光来观察

这平原捉住它的漂泊人。

（《罗兰公子来到暗塔》，第 8 节）

　　在这未经勘察的伟大记忆之谷中是什么光在微笑？从人造枪的黄色锻造枪管中射出的物质之光，不过是对大自然的作为力量的光的纯粹理念的模仿，就像火焰模仿太阳？是什么等待诞生的启示必须被猛烈地射入色眯眯的火焰（leering flame）？现在，诗人的自我的方方面面都已是无家可归了。疑虑重重的情妇（Mistress），那里有什么，是谁？光的微笑，似是而非，层层叠叠。是谁或什么在微笑？维苏威的面孔，一个面具，遮住了火焰、混沌、原发的意志（original will）、蒸气。意志（will）就是灼热的熔岩和硫黄的力量。在大自然的主权的孤独中，我愿意（will）万物真挚热情。一个反讽的微笑抑制了诗歌对思想纯洁性的炙热要求。

在《李尔王》中，埃德加刚刚把自己伪装成一个疯癫的乞丐，就看到了双目失明的父亲葛罗斯特：

> 我的父亲，如此可怜地指引吗？——世界，世界，
> 哦，世界！
> 可是你那奇怪的群山让我们恨你，
> 生命不会屈服于岁月。
>
> （《李尔王》，第4幕第1场，10—12）

不过，这位伪装起来的弃子，理智的 / 疯狂的埃德加 / 汤姆，此时仍隐藏着自己的真实身份，以一种自以为是的保持残忍的能力，这对一个合法的主人公而言未免有些奇怪。失明的葛罗斯特对着空气说话：

老人　　你看不见路。

葛罗斯特　我没有路，所以不需要眼睛；

当我能够看见的时候，我也会失足颠仆！

我们往往因为有所自恃而失之于大意，

反不如缺陷却能对我们有益。——啊，埃

德加，好儿子

你的父亲受人之愚，错恨了你。

要是我能在未死以前摸到你的身体，

我就要说，我又有了眼睛啦。

（《李尔王》，第 4 幕第 1 场，18—24）

在这片错位的荒野上，对于埃德加以及任何人：

人类必然自相残杀，

如深海里的怪兽。

（《李尔王》，第 4 幕第 2 场，49—50）

爱是一种可怕的力量，随之而来的是被抛弃的威胁。李尔的王国，爱的流放之地，是枪和主人一同游荡的神话之域。

* * *

> 那向外观看的她
>
> 如晨光发现，美丽如月亮，
>
> 皎洁如日头，威武如展开
>
> 旌旗军队的是谁呢？

（《所罗门之歌》，6:10）

　　她（SHE）是欲望之梦。在神话中，女人可能会突然发生变形。阿里阿德涅变成了蜘蛛[1]，阿尔库俄涅变成了鸟[2]，尼俄柏变成了石头[3]。北美大陆曾经是无垠的、肥沃的、异教的——处女地。在掠夺本性的驱使下，欧洲拓荒者——**他**，对这片土地充满欲望并玷污了**她**。火——独立不羁的西部神话，以一个与世隔绝的斯巴达式的猎人为隐喻。詹姆斯·费尼摩尔·库柏以丹尼尔·布恩等美国"自然之子"为原型

---

1 阿里阿德涅（Ariadne），古希腊神话传说中的克里特王国的公主，曾以线团帮助英雄忒修斯（Theseus）顺利走出迷宫；后续传说版本众多，在其中一个版本中，她成为纺织女神。

2 阿尔库俄涅（Alcyone），古希腊神话传说中的赛萨利王国的公主，后来成为特剌喀斯国王的妻子赛克斯（Ceyx），夫妻二人日益狂妄，竟自称宙斯和赫拉，触怒了天神，后来受到惩罚，被变形为海鸟。

3 尼俄柏（Niobe），古希腊神话传说中的一位母亲，生养了14个孩子，因此狂妄自大，甚至贬低勒托（Leto）只生养了一对儿女，阿波罗和阿尔忒弥斯，于是，女神惩罚她，杀死了她的全部儿女，她悲哀过度，化为石头，即使化为石头之后，泪水仍从石头里汩汩流淌。

创作了"皮裹腿"系列小说。在《猎鹿人或第一条战争路》中，朱迪思·哈特，名字来源于《圣经》中她那充满异国情调、杀人不眨眼的前辈 [1]，把自己死去的假父亲的步枪送给了纳撒尼尔·"纳蒂"·邦波（Nathaniel "Natty" Bumppo），别名直舌、鸽子、褶耳、鹰眼、猎鹿人、侦察兵、卡宾长枪、探路者、皮裹腿。

"但这是件贵重东西，会让手稳眼快的人成为森林之王！"

"那就留着它吧，猎鹿人，成为森林之王。"朱迪思说。

（《猎鹿人》，第 2 部第 8 章）

借用科顿·马瑟关于汉娜·达斯汀被囚禁和解救的早期描述中的意象，梭罗写道："写作的天赋是非常危险的——只消一击就能击出生命的心脏，就像印第安人剥头皮一样。"

---

1 关于《圣经》中的女英雄朱迪思（Judith）的故事，见《朱迪思记》（"Book of Judith"）。朱迪思是一位犹太寡妇，她用自己的美貌和魅力杀死了围攻她的城市的亚述将军，因而拯救了附近的耶路撒冷，使其免于毁灭。《朱迪思记》收录于《七十士译本》、天主教和东正教的《圣经·旧约》，但被排除在希伯来正典之外，被新教徒定为伪经。

爱默生问道："什么是天才？不就是更精美的爱？"诗歌的天赋是声音的碎片，在黑夜和阳光下抛洒，将无形的鹰的象征带入。为"他"代言的诗人"我"是无名的、永恒的黑暗与光明，是隐匿的维苏威火山。"时间之谷"的黄昏——我的"主人"是"创始者"（Originator）——杀手（Killer）和国王（King）。

I've got a cough as big as a thimble – but I dont care for that – I've got a Tomahawk in my side but that dont hurt me much. [If you] Her master stabs her more –

(L248, from third "Master" letter)

我的咳嗽大如顶针 – 但我不在乎 – 我身上挨了一战斧但它并没有怎么伤到我。[如果是你]她的主人刺伤她更重 –

（L248，引自第三封"主人"书信）

在已消失的欧洲骑士时代，英雄的剑是力量与美人的结合。自从有文字记载以来，剑就拥有神秘的名字和魅力。贝奥武夫（Beowulf）拥有奈格林（Naegling），西格蒙德（Sigmund）拥有格拉姆（Gram），罗兰（Roland）则有杜兰德尔（Durandel），奥特克莱尔（Hauteclère）属于奥利弗（Oliver）；湖上夫人（Lady of the Lake）将神剑埃克斯卡利伯（Excalibur）借给了亚瑟（Arthur）。

库柏笔下的骑士纳里·邦波（Narry Bumppo），"一个可能声称自己来自欧洲血统的人"，他的莫希干印第安同伴金加查古克（Chingachgook），别名"蛇"（Le Serpent），二人都是机警而不安分的猎人，他们在北美神话的独特暧昧性中穿行，这神话在地理上相互独立，在种族上相互融合。

他（金加查古克）的身体几乎赤裸，以黑白两色画着一个可怕的死亡图案。他的头剃得光光的，只有头顶的位置留着一簇头发，那是众所周知的英武的剥头皮发式，上面没有任何装饰，只插着一枝鹰的羽毛，垂在左肩上。他的腰带上挂着一把英国制造的战斧和剥头皮的猎刀，在他那光秃秃的、肌肉发达的大腿上，不经意地横着一支军用步枪，白人的政策就是用这种步枪来武装他们的野人盟友。

（《最后的莫希干人》，第1卷第3章）

"杀鹿手"（Killdeer）——猎鹿人的枪，以英国制造的更直率的形式重复着它主人神秘的印第安名字。[1] 在我们的乌托邦的和血腥的拓荒史中，爱是大自然不可名状的恩典，天才猎捕上帝的天意。

＊　　＊　　＊

闪光镜

　　"我很高兴它没有名字，"猎鹿人继续说，"或者，至少没有白脸人取的名字；因为他们的命名总是预示着糟蹋和毁灭。不过，毫无疑问，红肤人自有他们认识这地方的方法，猎人也是如此；他们会用一些合情合理的和相像的东西来称呼它。"……"在我们中间，这地方叫'闪光镜'（Glimmerglass），因为它的整个盆地经常被松树环绕，反射到湖面上，仿佛它要把悬在周边的群山抛回去一样。"

（《猎鹿人》，第 1 部第 2 章）

---

1 猎鹿人的印第安名字是"金加查古克"（Chingachgook），他的枪名叫"杀鹿手"（killdeer）。

亚瑟王的神剑、贝奥武夫杀死格兰德尔和他母亲所用的魔剑，还有鹰眼/猎鹿人的杀鹿手，都来自生活在水上或水下的女性。狄金森打破了这种典型模式。我的生命是女人，也是武器。无名的她将自己交给自我，然后为她的拥有者/主人服务。

　　——因为从来没有一个漂亮女人不在镜子里挤眉弄眼。

（《李尔王》，第 3 幕第 2 场，35）

Vesuvius dont talk – Etna – dont [Thy] one of them – said a syllable a thousand years ago, and Pompeii heard it, and hid forever – She couldn't look the world in the face, afterward – I suppose – Bashful Pompeii! "Tell you of the want" – you know what a leech is, dont you – and [remember that] Daisy's arm is small – and you have felt the horizon hav'nt you – and did the sea – never come so close as to make you dance?

(L233, from second "Master" letter)

维苏威不说话－埃特纳－也不说［你］其中之一－千年以前只发出一个音节，庞贝城听到了，就永远藏起－从此以后，她无法再直面这个世界－我想－羞怯的庞贝！"把需要告诉你"－您知道什么是水蛭，对吗－［记住］雏菊的手臂细小－而您感觉到地平线不是吗－难道大海不曾如此靠近，令您舞蹈？

（L233，引自第二封"主人"书信）

*   *   *

你是否答应爱他、安慰他、尊敬他、守着他，无论疾病还是健康；只要你们俩还活着，就舍弃他人，只守着他？ [1]

我，微笑的妻子，信守上述承诺。新的身份被认定，我是否抑制了自己的童年和父亲的名字，像母亲抑制了她自己的一样？我真挚的微笑是虚假的吗？光，模拟的光？勃朗特

---

1 引自西方中世纪以来的婚礼誓言中的常用语句："我发誓，无论顺境还是逆境，无论疾病还是健康，我都会忠实于你。我将爱你尊敬你在我生命的每一天。"

笔下的凯瑟琳·恩萧·林顿，是荆棘向金银花屈服，还是金银花向荆棘屈服？在《李尔王》中，哪个是埃德加？考狄利娅拒绝对父亲虚假地表达真挚。谁的微笑？是社会的巨人发出的微笑，是维苏威火山的力量迫使我进入习俗的巢穴，还是阳光温暖了我真挚的默许？真挚里面有绳索。[1]

*　　*　　*

"我也不确定眼睛里有任何暴力

会伤害。"

（对开本《皆大欢喜》，第 3 幕第 5 场）

听一听，"会伤害"（That can doe hurt）——"doe"是动物，而"do"是抽象的伤痕。[2]这些印刷品上的眼睛的亲密接触都是行动，就像"一个女性的灵魂向我们问好"。

---

1 "真挚"（cordiality）这个单词中包含着"绳索"（cord）。
2 这里玩弄了一个语义双关游戏："doe"可以读作"do"，助动词的一种古语写法，也可以读作"doe"，雌鹿。这个双关游戏已暗含在上文所引莎士比亚《皆大欢喜》（对开本）的台词之中："我也不确定眼睛里有任何暴力／会伤害"（Nor I am sure there is no force in eyes/That can doe hurt）。下文所引多恩的诗句，其最后一个词语助动词"do"亦写作"doe"，暗含同样的双关。

路易斯·祖科夫斯基在《底端：论莎士比亚》的结尾如此说道。

> 即使一分为二，亦是如此
>
> 　坚定如孪生圆规之二分，
>
> 你的灵魂是定足，没有任何移动
>
> 　之迹象，除非，另一个动身。
>
> 　　　（约翰·多恩，《离别辞：莫伤悲》，第7节）

默许狩猎她自己——至尊主权（sovereign）中那古老的Doe就是她自己的自由行动。"我微笑……"使她成为新娘的灵魂，她的定足无法移动，除非另一只，女性的，移动。

*　　*　　*

IV

And when at Night – Our good Day done –

I guard My Master's Head –

'Tis better than the Eider-Duck's

Deep Pillow – to have shared –

入夜 – 当我们过完美好的白昼 –

我守护我主人的头 –

那分美妙胜过分享 – 绒鸭绒的

深枕 –

阿尔布雷希特·丢勒[1]说："因为真正的艺术就藏在自然里，谁能从自然中夺取它，谁就拥有它。"抒情诗人追猎心灵世界中尚未被肢解的音乐野性。如果他是女性，那么来自纯粹的"野外"（Open）[2]的不加隐藏的意识就必须保持高度警觉。以高昂的代价，"她"从"我的"手中被夺取。诗歌的夜晚已来临，太阳下山，"主人"入睡了，他的智慧飞进了不可解的时间禁区，睡眠记忆的梦境禁区。

除了鹰眼和莫希干人，其他人都在无法控制的瞌睡中失去了所有意识。但是，这些警惕的守护者既不疲倦，也

---

1 阿尔布雷希特·丢勒（Albrecht Dürer, 1571—1528），文艺复兴时期的德国画家，以木刻版画闻名于当世。

2 Open 这里大写，作为名词，具有多种意涵：野外、户外、公开、泄露等。

不瞌睡。他们就像那块岩石一样纹丝不动，似乎每个人都成为岩石的一部分，他们躺着，但眼睛一直转动不停，巡视着狭窄的溪流两岸的黑暗树丛。他们没有发出一点声响；哪怕再仔细，也察觉不到他们在呼吸。

（《最后的莫希干人》，第1卷第7章）

我活在我的心灵里。哦，我的身体，请守护我的工作。

*　　　*　　　*

当夜幕降临我进入梦乡

我祈求主把我的灵魂守护。

如果我在醒来之前死去

我祈求主把我的灵魂带走。

（儿童睡前祈祷词）

艾米莉公子与上帝互换了角色。她是他的守护者。正因为如此放肆、僭越，路西法才被赶出了天堂。

*　　　*　　　*

在主人的激发下完成了美好一天的写作之后，诗人独自一人，在她的"持续发生"（Becoming）的空地上，继续实验、破译。当她的主人与太阳一起沉入梦乡，那旋律优美的思想，她主人的头脑的产物——美，正是她一直在打破和塑造之物。在意识的极限之处，感知我们的赤裸之际，枪保持清醒，守护着距离。她知道，"原创"是发现如何在古代的主权力量的魔镜前褪去身份。就像埃德加／汤姆和猎鹿人／鹰眼一样，她通过伪装和狡猾躲过了定义的暴力、狩猎的血腥。匿名的戏剧独白，虚构之物，不过是揭开自己的伪装，我们永远无法用一种解释捕捉到狄金森。她灵魂深处的需要就是逃离这种被迫的不孕症。

*　　*　　*

请为我触摸莎士比亚

To Mabel Loomis Todd summer 1885

Brother and Sister's Friend –

"Sweet Land of Liberty" is a superfluous Carol till it concern ourselves – then it outrealms the Birds.

I saw the American Flag last Night in the shutting West, and I felt for every Exile.

I trust you are homesick. That is the sweetest courtesy we pay an absent friend. The Honey you went so far to seek, I trust too you obtain.

Though was there not an "Humbler" Bee?

"I will sail by thee alone, thou animated Torrid Zone."

Your Hollyhocks endow the House, making Art's inner Summer, never Treason to Nature's. Nature will be just closing her Picnic, when you return to America, but you will ride Home by sunset, which is far better.

I am glad you cherish the Sea. We correspond, though I never met him.

I write in the midst of Sweet-Peas and by the side of Orioles, and could put my Hand on a Butterfly, only he withdraws.

Touch Shakespeare for me.

The Savior's only signature to the Letter he wrote to all

mankind, was, A Stranger and ye took me in.

America

致梅布尔·卢米斯·托德[1] 　　　　　1885 年夏

哥哥和妹妹的朋友 –

　　《自由的甜蜜国度》是一首多余的颂歌，直到它关涉我们自己 – 然后它就超越了鸟之域。

　　昨夜，我在渐渐关闭的西方看到了美国国旗，我为每一个流亡者感同身受。

　　我相信你一定想家了。这是我们对不在身边的朋友最贴心的问候。你一路远行想要找寻的蜜蜂相信你已找到。

　　然而，没有一只"更谦卑"的黄蜂吗？

---

1 梅布尔·卢米斯·托德（Mabel Loomis Todd，1856—1932），阿默斯特学院的新任天文学教师大卫·托德（David Todd，1855—1939）的妻子，一位训练有素的歌手、钢琴演奏者和花卉画家。1881 年梅布尔随丈夫移居到阿默斯特，很快成为诗人的哥哥奥斯汀和嫂子苏珊的朋友，后来，梅布尔与奥斯汀发生婚外情，有时来狄金森家宅幽会。梅布尔与艾米莉互相通信，并互赠诗歌和绘画等，但从未真正面对面相会。在诗人去世后的十年内，她编辑了狄金森的第一批诗集（共三部诗集，大约 550 多首诗作）以及第一部书信集（两卷本）。

"我将独自航行在你身边，你这生机勃勃的热带。"[1]

你的蜀葵为房子增添了光彩，祝愿艺术的内心之夏，永远不会背叛大自然的。当你返回美国，大自然将刚刚结束她的野餐会，但你会在日落时分骑马回家，这要好得多。

我很高兴你珍爱大海。我们互通书信，虽然我从未见过他。

我在甜豌豆丛中和黄鹂鸟身旁写作，我可以把手放在蝴蝶身上，只不过他会撤离。

请为我触摸莎士比亚。

在写给全人类的信里，救世主唯一的签名是：一个生客，而你们接纳了我。

美国

（L1004）

抒情诗人阅读过去，一种巨大的想象集中于一种形式

---

1 这里引用了爱默生的一首诗的标题《黄蜂》（"The Humble-Bee"）和其中的诗句："我将独自追随你 / 你那生机勃勃的热带。"（I will follow by thee alone, thou animated Torrid Zone.）

（one form）。但丁、乔叟、斯宾塞、莎士比亚、多恩、弥尔顿、济慈、雪莱、华兹华斯、丁尼生和勃朗宁，对她来说都是这种形式的中介。一长串兄弟和一种欧洲的追寻（Quest）。在给梅布尔·托德的信中，55岁的艾米莉·狄金森引用了爱默生的文字，并给自己署名为"美国"。除了萨福、艾米莉·勃朗特和伊丽莎白·巴雷特·勃朗宁之外，她的诗歌史就是另一个性别和大陆的编年史。她将一切障碍转化为丰富的素材，从未停止过关于自由、流放和起源的写作。

Undue Significance a starving man attaches

To Food –

Far off – He sighs – and therefore – Hopeless –

And therefore – Good –

Partaken – it relieves – indeed –

But proves us

That Spices fly

In the Receipt – It was the Distance –

Was Savory –

一个饥饿的人附加过度意义

给远方的 –

食物 – 他叹息 – 因此 – 无望 –

因此 – 美好 –

若享用 – 即缓解 – 确实 –

但向我们证明

香料会飞

在接收之际 – 美味就是 –

距离 –

（J439/F626）

＊　　　＊　　　＊

瞧那个脸上堆着假笑的妇人，

她装出一副守身如玉的神气；

做作得那么端庄贞静，一听见人家

谈起调情的话儿就要摇头；

其实她自己干起那回事来

比臭猫和骚马还要浪得多哩。

她们的上半身虽然是女人，下半身却是淫荡的妖怪，腰带以上是属于天神的，腰带以下全是属于魔鬼的；那儿是地狱，那儿是黑暗，那儿是火坑，吐着熊熊的烈焰，发出熏人的恶臭，把一切烧成了灰；唉，唉，唉！呸；呸！好掌柜，给我称一两麝香，让我解解我的想象中的臭气：钱在这儿。

（《李尔王》，第4幕第6场）

在给希金森的信中，狄金森写道："只要莎士比亚还在，文学就坚不可摧。"如果说她最喜爱的作家在其力量的巅峰时期表现出了对女人火山般的厌恶，不断与他自己的厌恶相冲突，那么，在这部温柔无比的戏剧里，他揭示它、申斥它。在《李尔王》中，莎士比亚深入到了性恐怖的深渊，深入到了从母亲那里最初被放逐的暴力之中。每一个思乡心切、无家可归的灵魂都来这里哭泣。独自锁在我大脑的幻象中，即使语言也无法将我与他人真正联系起来。当我们出生时，我们"嚎叫、哭喊"。爱屈服于注定的服从。供给全部断绝，意义彻底陷入风险，我摧毁了我的所爱，而爱就是快乐。

Drama's Vitallest Expression is the Common Day

That arise and set about Us –

Other Tragedy

Perish in the Recitation –

This – the best enact

When the Audience is scattered

And the Boxes shut –

"Hamlet" to Himself were Hamlet –

Had not Shakespeare wrote –

Though the "Romeo" left no Record

Of his Juliet,

It were infinite enacted

In the Human Heart –

Only Theatre recorded

Owner cannot shut –

5. best enact] more exert

10. left] leave

12. infinite] tenderer –

15. Never yet was shut –

戏剧最有生机的表现是普通日子

在我们周边升起又落下 –

其他悲剧

随着朗诵消散 –

而这一个 – 进入最佳表演

当观众散去

包厢关闭 –

"哈姆雷特"自己就是哈姆雷特 –

即使莎士比亚没有写过 –

尽管"罗密欧"未曾留下什么记录

关于他的朱丽叶,

它无止境地上演

在人类的内心里 –

世上唯有这座剧院

主人也无法关闭 –

（J741/F776）

5. 最佳表演］运作得更强 / 消耗得更多

10. 曾留下］留下

12. 无止境地］更轻柔地 –

15. 从不关闭 –

　　在这人心的剧场中，诗歌使命的必要性会让创作者变成腐化者，让恐惧和强力与理想之美、诗行和诗篇相碰撞。优雅必须追猎灵魂，重新捕获意志。在李尔的荒原和罗兰的灰色平原上，语言和自然打破了彼此的秩序。狄金森的匿名的枪和主人亦如此。"我的"（My）有一个大写的"M"在"主人"（Master）里。希望在抵达时缩小，英雄的理想可能只是一个谎言，"低矮的圆塔楼"像傻瓜的心一样盲目，一个精灵嘲笑和指点得太晚了。但机械的经验主义也是谎言。隐含的定义孕育着巢穴。绒鸭过着自己的寓言生活。

EiDER
EiDER-DUCK）n. [G., Sw. *eider*]

一种海鸭，在设得兰群岛（Shetland Isles）和奥克尼群岛（Orkneys）等地发现，可产极品羽绒。

EiDER-DOWN（ider-），名词，绒鸭的羽绒或柔软的羽毛。

（诺亚·韦伯斯特，《美国英语词典》，1854 年）

雌绒鸭从胸前摘下绒毛，铺在巢里。如果第一层绒毛垫和蛋被采绒者拿走，雌绒鸭就会再做一层绒毛垫，产下更多的蛋。如果需要第三层衬垫，雌绒鸭的配偶就会褪去胸脯上的绒毛。

在欧洲，绒鸭的绒毛价值很高，因此这些鸟都被掩护起来，受到精心保护。有些绒鸭变得像母鸡一样温顺，允许主人抚摸它们。

在北美洲，人类为了得到羽绒而猎杀绒鸭，认为它们的肉体没有任何价值。到了 18 世纪末，绒鸭在北美已经非常稀少了，哪怕只是猎取羽毛，北美人也觉得是一种时间和利润上的浪费。绒鸭绒从欧洲进口。

尽管如此，猎人和渔民捕杀绒鸭，为了娱乐，或为了得到鸟蛋。到 19 世纪末，拉布拉多海岸（Labrador Coast）的大片绒鸭繁殖地已不复存在，只留下一个传说。在狄金森的时代，绒鸭虽然稀少，但尚未灭绝。它们占据着伸入海洋的岩石的外缘。马萨诸塞州的枪手称它们为海鸭。

*　　　*　　　*

　　如果狄金森听从希金森的建议，改变她诗歌的怪异性以适应时代的口味，那么"深枕"就是一张温暖的床和安全的房子。"那分美妙胜过分享 – 绒鸭绒的 / 深（浅）枕 –"［"'Tis better than the Eider-Duck's/Deep (low) Pillow – to have shared –."］又顽皮又生硬的人工表达"'Tis"[1]抑制了她在寒冷天气里与外面的野绒鸭做伴的革命愿望。

　　新婚妻子与丈夫共享枕头，即使她枕着的是从自己胸上摘取的自由。诗人选择了"深"而不是"浅"。[2]深（Deep）呼唤着深渊，暗示着死亡（Death）和淹没。艾米莉·勃朗特笔下的凯瑟琳·林顿，因无法让自己摆脱希斯克利夫而发疯，又因悔恨嫁给埃德加而与奥菲莉娅遥相呼应。狄金森的两行

---

1 'Tis 是 It is 的省略，在诗歌里使用这一类省略是为了减少一个元音，以符合音步和格律的要求，这种省略法通常让诗歌显得比较传统、古雅，但也带上了更多的人工匠气。

2 这里指诗人在手稿上为"深"（Deep）留下了一个替换词"浅"（low）。

诗与凯瑟琳遥相呼应。

　　她辗转反侧，那种燥热烦乱已加剧到疯狂的地步，她用牙齿撕扯枕头，然后浑身发烫地站起来，希望我打开窗户。当时正值隆冬，东北风呼呼地刮着，我反对……，一分钟前她还暴跳如雷；现在，她用一只胳膊支撑着身体，丝毫没有注意到我拒绝了她的要求，她似乎找到了一种孩子气的消遣方式，从她刚刚弄出的裂口中拔出羽毛，按照羽毛的不同种类把它们放在床单上：她的思绪已经转移到了其他的联想上。"那是火鸡的，"她喃喃自语，"这是野鸭的，而这是鸽子的。啊，他们把鸽子毛放在枕头里——难怪我死不了！让我躺下时小心把它扔到地板上。这是一只野鸡的羽毛；还有这个——我千百次地确认过——这是一只百灵鸟的。漂亮的鸟儿，在荒野中央从我们头顶飞过。它想飞回自己的巢穴，因为乌云触到了浪头，它感觉到要下雨了。这根羽毛是从荒原上捡来的，鸟儿没有被射杀——我们在冬天看到过它的巢，里面全是小骨架。希斯克利夫在上面设了陷阱，老鸟不敢来了，我让他保证从那以后再也不射杀百灵鸟，他确实没再那么做了，是的，这里还有更多，他有没有射杀我的百灵鸟，奈莉？它们有没有红色的？让我看看。"

"别再那么孩子气了！"我打断了她，一边把枕头拖走，把洞转向床垫，因为她正在一把一把地把里面的东西拿出来。"躺下，闭上眼睛，你神志恍惚了。真是一团糟！羽绒像雪片一样飞得到处都是！"

（《呼啸山庄》，第 12 章）

深（Deep）再次向深渊发出召唤，暗示着死亡（Death）和窒息。

Late summer 1885

Mattie will hide this little flower in her friend's Hand.
Should she ask who sent it, tell her as Desdemona did when
they asked who slew her, "Nobody – I myself."

1885 年夏末

玛蒂会把这朵小花藏在她朋友的手里。如果她问是谁送的，就像苔丝狄蒙娜被问是谁杀了她那样告诉她，"没有人－我自己"。

（L1010）

艾米莉·狄金森知道，分享绒鸭绒的"深枕"就意味着扼杀她自己的天赋。

*　　　*　　　*

在狄金森的诗中，绒鸭撕碎了所有关于地点和进步的诠释。夜不能寐，习惯射向所有感官，警醒—设防的答案是子弹上膛的问题。自由看起来就像放逐。深枕滑入了另一个回声的回声，济慈的《亮星》。在 19 世纪，这首诗被直截了当地称为"最后的十四行诗"。他把这首诗写在他的莎士比亚诗集的空白页上，正对着《一个情人的抱怨》（"A Lover's Complaint"），那也是一首关于贞洁动摇的诗。《亮星》似乎表明济慈在濒临死亡之际，已做好准备，以诗歌抱负带给他的孤独来换取芬妮·布朗恩（Fanny Brawne）的爱和家庭亲情的温暖。对文学的爱摇摆不定，文字无情地从意义转向融化意义，抒情的力度在自身引力的牵引下渐渐昏醉。

亮星！但愿我像你一样坚持——

不是在夜空高挂着孤独的美光

像那大自然的坚忍不眠的隐士，

睁开着一双眼睑永远在守望，

动荡的海水如教士那样工作

绕地球人类的涯岸作涤净的洗礼，

或者凝视着白雪初次降落

面具般轻轻戴上高山和大地——

不是这样——但依然坚持不变。

枕在我爱人的正在成熟的胸脯上，

以便感到它柔和的起伏，永远，

永远清醒地感到那甜蜜的动荡，

永远倾听她温柔地呼吸不止，

就这样永远活下去——或昏醉而死。

（济慈，《十四行诗》[1]）

她是人造的枪；诗人受到许多男性作品的影响，被一条

---

1 参见《济慈诗选》，屠岸译，人民文学出版社，1997 年。

依恋她的主人的绳索捆绑着，可能被关在一个名为"钦佩"的囚笼里，将她与自己更深层次的领地隔绝开来，那是一个无地图的领地，无价值的价值，主权和女性，在字典定义的领域之外，在虚构中，无私的孝心在人类无根的状态下会永远膨胀，一些女人对她们孩子的爱，无法用言语表达。人类的野蛮打破了文明与绒鸭之间的纽带。她巢中的羽毛是痛苦编织的和平——无名的自发创造。爱为她筑起柔软的巢穴。在婴儿的啼哭声中，乳汁在每个母亲的乳房中流淌。天才的圣洁源泉也许就在外面，与绒鸭为伴，在它的暗礁上，在捕食者之外。天才的源泉就枕在大自然的乳房上。冰冷的言语没有力量将她不可言说、不可改变的温柔杀死，化为生命。

*　　　*　　　*

就这样，我跪坐了九天，膝上还抱着我的孩子，我全身的肉都刺痛难忍；我的孩子甚至已准备好离开这个悲惨的世界，他们让我把他抱到另一个棚屋（我想是因为他们不想被这样的景象所困扰），我怀着非常沉重的心情去了那里坐了下来，膝上抱着一幅死亡的画像。1675 年 2 月 18 日，大约夜里两点钟，我可爱的宝贝像一只羔羊一样离开了人世。当时他六岁五个月大。从第一次受伤到现在，它在这种悲惨的情况下度过了九天，除了喝过一点冷水之外，没有得到过任何提神的东西。我不得不注意到，以前我是多么不忍心待在有死人的房间里，但现在情况变了；我必须而且可以整夜并排躺在我死去的宝贝身边。

（罗兰森，《叙事》，"第三次迁移"，第10—11页）

在原始森林的非人的持续状态中，一个受伤的孩子就这样缓慢而痛苦地死去，什么样的救赎性的灵视才能转换这极端的混乱？荷尔德林所感知到的被海德格尔发现的那个在中心自我的顶峰等待着的温暖的火炉在哪里？在二战之前，欧洲有哪部作品中有任何想象力能超越这位美国清教徒母亲的预言那粗粝的强度？

在狄金森这首充满独特个性的对原始主义的颂歌的进程中，与世界有着明显相似之处的荒野变得越来越具有威胁性。现在，这位半野蛮的微观世界的侦察兵女主人独自在她的空地上警觉地侦察着。在她的救赎性的想象力控制之外，许多被遗忘的拓荒妇女在沉睡——西南部——印第安人的灵魂最终去了那里。还有那些从家乡被掳走的孩子，他们再也没有出现过。

　　从他们的睡眠中：一般观察

　　甜美的休息并不局限于柔软的床铺，因为不仅上帝让他心爱的人睡在坚硬的住所里，大自然和习俗也让这些美洲在大地上、木板上或席子上酣然入睡。然而，欧洲是如何依赖上帝赐予更好的住所，等等。

　　更多详情

　　1.上帝让他们睡在地上、稻草上、

　　草席上或木板上：

　　当英国人睡在最柔软的绒鸭绒床上，

　　有时却无法入睡。

　　（罗杰·威廉斯[1]，《美洲语言指南》，第21页）

---

1 罗杰·威廉斯（Roger Williams，1603—1683），美国殖民地时期的牧师，因呼吁宗教宽容、政教分离以及善待印第安人等异见，于1636年被马萨诸塞湾区殖民地驱逐，在流亡期间，威廉斯得到印第安人的帮助，于1636年建立普罗维登斯殖民地，两年后又建立罗德岛殖民地。威廉斯研究了新英格兰的土著语言，并用英语出版了第一本关于北美土著语言的著作《美洲语言指南》(1643)。威廉斯最有力的著作是《为良心而迫害的血腥信条》(1644)，采用对话体，详细阐明了他关于信仰自由和政教分离的主张。

*　　*　　*

V

To foe of His – I'm deadly foe –

None stir the second time –

On whom I lay a Yellow Eye –

Or an emphatic Thumb –

他的敌人 – 就是我的死敌 –

谁也休想再动一下 –

一旦我的一只黄眼瞄准 –

或强劲的拇指一搭 –

　　死亡和奴役随着绒鸭无声的痛苦进入诗歌。谁是文明，谁是野蛮，这是一个未解之谜，先知与先见不得而知。在《我的生命伫立 – 一杆上膛枪 –》的领地里，各种意义系统相遇，却颠覆了它们的初始意图，敌人与敌人之间形成了火线。在正义体系中，反叛会摧毁一切秩序。17 世纪对马萨诸塞政体的政治和宗教稳定最严重的三个威胁——1636 年的唯信仰论之争、1650年代对贵格会的迫害和1692年的巫术歇斯底里[1]——都直接涉及妇女。对于清教徒思想来说，抛到角落里的天真意识必须被断然追捕，通过严格献身于"职责"和对忠诚的单调重复。

在美国内战中，历史自行坍塌。莎士比亚笔下的"被囚徒血污的胜利的死神"笑着揭示了人类脆弱的真相。纽带让我们在痛苦中与过去相连。对于年轻的美国来说，19世纪60年代是人类毁灭和内乱的悲惨年代。存在的可怕本性再次回到我们身边，生动地提醒我们，上帝可能真的会把我们悬在地狱的深渊之上，"就像一个人提着一只蜘蛛或某种令人厌恶的昆虫，悬在火焰之上"。

乔纳森·爱德华兹、艾米莉·勃朗特和艾米莉·狄金森凝视着永恒毁灭的核心。他们以肯定和欣喜的心情迎接所看到的一切。《我的生命伫立－一杆上膛枪－》从第34册"诗笺"的中心跃然纸上，其专横之势，无出其右。在这首诗中，狄金森戴上了恶魔的面具，用毁灭者的声音说话，言说着她的加尔文主义对温和适度的拒绝，枪为之欢欣鼓舞。

---

1 通常被称作"塞勒姆女巫案"，1692年2月至1693年5月期间，马萨诸塞湾区殖民地对被指控使用巫术者进行的一系列听证会和起诉。超过200人被指控，30人被判有罪，其中19人被处以绞刑（14名女性和5名男性）。

Pain – expands the Time –

Ages coil within

The minute Circumference

Of a single Brain –

Pain contracts the Time –

Occupied with Shot

Gammuts of Eternities

Are as they were not –

2. coil] lurk

7. Gammuts] Triplets

8. Are] flit – / Show –

痛苦 – 扩展时间 –

岁月在里面盘绕

一根单一脑筋的

微小圆周 –

痛苦压缩 – 时间 –

被击中占据

永恒的整个幅度

似乎荡然不存 –

（J967/F833）

2. 盘绕］潜伏

7. 整个幅度］三重体

8. 是］掠过 –/ 展现 –

*　　　*　　　*

　　在内战中，我们全都相互纠缠在一起。对于可能失去丈
夫和孩子的妇女来说，很容易导向反叛但又不信任反叛。既
反叛又不信任反叛是悲剧艺术家的困境。勇于冒险是危险
的。在这首诗中，起初的快感是如此虚假地真挚热情，很快
就变成了真正的敌意。莎士比亚笔下的魔鬼理查三世对他未
来的新娘；奥赛罗对苔丝狄蒙娜；高纳里尔和里根[1]。上帝的

1《李尔王》中的大女儿和二女儿，她们起初联合起来谄媚父王，随后一起
　对抗和驱逐父王，最后彼此嫉妒、争权夺势，以致互相残杀。

主权就是他的人格，独裁和律法，命令和裁决。李尔轻率地将自己的世界拱手让人。平衡、混乱、命名、转变。在启动的时刻抵达，在皈依的时刻止步，本能招致短命。

* * *

洛基[1]、路西法、理查、埃德蒙、伊阿古、希斯克利夫、马古亚[2]——远离可靠的熟悉感，与诗歌—谎言面对面，危险地生活着。抵达我的先祖的核心本质，抽象的和遗弃的，自然没有起源。我自己的双手击掌致敬的混乱与暴力。被美的残酷性所腐蚀，艺术是奢侈品还是必需品？

坐下来重读《李尔王》有感

金嗓唱出的传奇呵，诗琴的清歌！
美丽、披羽的塞壬，仙乡的女王！
在这个冬日，收起你歌声悠扬，

---

1 洛基（Loki），北欧神话中的火神。
2 马古亚（Maguae），《最后的莫希干人》中的主人公，休伦族领袖，一个两面派，最后死于鹰眼之手。

合上你古老的书页，请保持缄默。

再会！我得再次燃烧着经过

　　诅咒和热烈人生间残酷的冲撞，

　　我得再次谦卑地仔细品尝

莎士比亚这又苦又甜的鲜果。

一代诗宗！阿尔比恩的青云！

　　我们深刻而永恒的主题之肇始者！

当我深入这古老的橡树林，

　　不要让我在幻梦里空手漂泊：

等我在火中烧成灰，请给我以新生

凤凰的翅膀，我可以随心飞行。

　　　　　　　　　　（济慈，《十四行诗》[1]）

济慈说，莎士比亚是海洋。李尔王是自然。

＊　　＊　　＊

"他的敌人－就是我的死敌－"在这里，在意义限定的边

---

1 参考《济慈诗选》(英汉对照)，屠岸译，外语教学与研究出版社，2011
年。略有改动。

缘，创造与毁灭、秘密的交流、战争是我们所有人的父亲。在夜晚的边界附近命名，这位妻子—枕—枪—女诗人，谦卑地写信给托马斯·温特沃斯·希金森寻求建议，但却无可挽回地失落了。我不需要怜悯。我的心受到屈辱，我把这怨恨转移到别处。

＊　　　＊　　　＊

　　一股苍白占据了诗人的脸颊：
　　"我必须在这里喝吗？"他似乎
　　用温顺的言语寻求女士的意愿：

　　"是啊，是啊，"她说，"必须如此；"
　　（她说道，这一次一副开心的样子）
　　"你本该知道这世界的残酷。"

（伊丽莎白·巴雷特·勃朗宁，

《诗人的憧憬》，卷5，60—61）

　　伊丽莎白·巴雷特·勃朗宁对维多利亚时代的生活中种种不公的悲剧体验催生了她丈夫和艾米莉·狄金森的创

作，但她本人作为诗人却失败了，因为她以为，情节的线性结构通过时间的顺序发展，就足以推动诗歌的讲述。事实上，法拉第[1]所要求的"统一性"可能也适用于诗歌写作：

> 一种全新的自然力关系。
> 一种地心引力之源的分析。
> 一种力量守恒的合理解释。

善意证明不了什么。信仰证明不了什么。暴力运动的速度和力量，炮火，射向每一个盲目的民族中挣扎着的人类灵魂。维多利亚时代的科学家、哲学家、历史学家、知识分子、诗人，就像当代大多数女性主义文学评论家一样，渴望讨论"存在"的所有等级制度的破碎，却不希望他们讨论这一切所采用的形式是破碎的。伊丽莎白·巴雷特·勃朗宁苦苦思索人性、不断变化的现实、政治革命、奴隶制、性剥削、残暴和经济需求，她所采用的诗歌方式在她自己的时代

---

1 法拉第（Michael Faraday，1791—1867），英国科学家，对电磁学和电化学做出突出贡献。

是非常流行的。罗斯金、斯温伯恩[1]，甚至翻译了她的《葡萄牙十四行诗》的里尔克[2]，都非常欣赏她。斯温伯恩甚至将她跟莎士比亚相提并论。可是，对于创作《罗兰公子来到暗塔》的罗伯特·勃朗宁，甚至对于在地理上与欧洲习俗相隔甚远的艾米莉·狄金森来说更是如此，过去，这个至高权的源泉，必须打破诗歌结构，为吸收未来的词语和定义开放。速度、力学、热、热力学、光、混沌公式、电磁感应都必须被唤回来，重返崇高，被发现、被遗忘。狄金森擅长于伫立在角落里，擅长于悄然倾听、默默理解。她浑身散发着扬基佬的活力，被日益逼仄的恐旷症所束缚，她穿透大自然长在她内部的那个特殊的摩尔[3]——她研究恐怖。她采用并列和断裂的方式来诉说狂热的奔忙、失落，暴风雨来临的警告——残暴之力、机械装置。卡珊德拉是个女子。所有的力量，包括爱的力量，所有的自然，包括时间的自然，都是彻底不稳定的。

Banish Air from Air –

---

1 斯温伯恩（Algernon Charles Swinburne，1837—1909），英国维多利亚晚期的诗人、剧作家、批评家。
2 里尔克（Rainer Maria Rilke，1785—1926），奥地利诗人。
3 摩尔（mole），表示物质量的基本单位，与物质的基本元素数量成正比。

Divide Light if you dare –

They'll meet

While Cubes in a Drop

Or Pellets of Shape

Fit.

Films cannot annul

Odors return whole

Force Flame

And with a Blonde push

Over your impotence

Flits Steam.

驱逐空气离开空气 –

断开光，如果你敢 –

它们会相聚

当一滴中的立方体

或球形颗粒

契合。

罩膜无法取消

气味全然归返

强力火焰

用金色的一推

从你的无力上面

飘出蒸汽。

（J854/F963）

　　力量是强权者的必需品。二者必须不惜一切代价相互保护对方，并抵御一切敌人。主人出于他自己的恐惧而让他的工人恐惧他。家庭及妇女在家庭中的地位、奴隶制、绒鸭的命运，都是广阔的世界秩序的缩影。国家的力量腐蚀着我们所有人。冷战。一杆枪是惰性之物。武器不会自己开火。玛丽·罗兰森十岁的女儿玛丽"起初被一个祷告的印第安人带走，离开家门，后来被卖掉换了一杆枪"。"现在，朱迪思，"库柏笔下的英雄，那个猎鹿人/鹰眼喊道，"我们再来看看为什么'杀鹿手'不是'杀鹰手'！"

　　当我爱上某物，我就会想要它，并努力去得到它。将特定物从普遍物中抽离出来，就是进入邪恶的入口。爱，一种约束力量，既是羡慕也是竞争。他（清教徒的上帝）是一个神秘之域，永远是不可知的、专制的、不可预测的。在被揭示的意志和秘密的意志之间，爱被撕成了两半。

二元论：毕达哥拉斯说，万物可分为善、恶二种；他把所有完美的事物，如光明、雄性、安宁等等，都归为善，而把黑暗、雌性等等，归为恶。

（托马斯·阿奎那[1]，《论上帝的力量》，第84页）

普罗米修斯式的雄心：成为一个女人和一个毕达哥拉斯派。如果你是弯曲的、古怪的、不确定的、不规则的、女性化的，那么，诗歌的公共视野是什么？我乔装打扮。灵魂处于压力之下，连接线中断了，爱与知识的融合断了，丧失了预见的功能，狄金森想要它成为一首难看的诗。首先，我发现自己是一个奴隶，接着，我明白了我的奴性，最后，我在已知的必然性的束缚中重新发现自己的自由。枪继续思考着暴力对意义的所作所为。枪观察自己在观察。

No Bobolink – reverse His Singing

When the only Tree

---

1 托马斯·阿奎那（Thomas Aquinas，1225—1274），意大利哲学家和神学家，自然神学的倡导者，认为上帝是自然理性之光和信仰之光的源泉，他的思想被后世称作托马斯主义。

Ever He minded occupying

By the Farmer be –

Clove to the Root –

His Spacious Future –

Best Horizon – gone –

Whose Music be His

Only Anodyne –

Brave Bobolink –

5. Root] Core

7. Best] All

7. gone] known

刺歌雀绝不 – 撤回他的歌声

当仅有的一棵树

他有意于栖居

被农夫劈开 –

直到根部 –

他广阔的未来 –

最好的地平线 – 离去 –

他的音乐是他

唯一的镇静剂 –

勇敢的刺歌雀 –

（J755/F766，"诗笺"第 34 册第 11 首）

5. 根部] 核心

7. 最好的] 全部的

7. 离去] 所知的

*　　　*　　　*

GUN [W. gwn; Corn, *gun.*]，名词。一种工具，由铁或
其他金属制造的简状物或管状物，固定在一个托把上，
组装而成，通过这个结构，可装载子弹、枪弹或其他
致命武器，火药发射出去，产生爆炸。较大的枪称为
加农炮，较小的枪称为火枪、卡宾枪、鸟枪等。开枪，
动词，射击。

（《韦伯斯特美国词典》）

浊音

拇指（THUMB）

"我的"、女性的枪，在家里无力地等待着，直到《春田共和党人报》告诉她，她的文学生命线（life-line），托马斯·温特沃斯·希金森和所有健康的男人一起，都去为联邦军打仗了。北方的妇女、儿童、伤残者、体弱者和老人一直在家，等待战争结束。奴隶通常被称作孩子，妇女被称作女孩。一种初始的不服从：一个女孩独自躺在床上吮吸拇指。

拇指：人手的第一根或最前轴的短粗指头，与四根手指不同的是，它有更大的活动自由，并可与其他手指对立。拇指（Thumb）和矮人地精（Gnome）二词里都有哑音字母，与枪（Gun）和谁（whom）对不上韵脚。在弗洛伊德看来，拇指和枪都是阴茎。如果没有拇指，就很难握住枪。拇指帮助我的手指抓握，帮助翻书。满手都是拇指——笨拙难堪；在拇指之下——掌控之下。[1] 拇指：找准时间点，触动机关……

---

1 这里使用了英语中的两个与拇指有关的常用俗语：满手都是拇指（all thumbs），表示笨手笨脚；在拇指之下（under the thumb），表示在掌控之下。

发射。面对时代的集体智慧，用拇指按住鼻子。妻子和奴隶都是拇指。在 19 世纪，用拇指蘸上墨水画押，用以识别文盲的身份。拇指（thumb）与哑巴（dumb）押韵。拇指是一个童谣单词，与"时间"（time）押韵，可以追溯到小杰克·霍纳，他坐在角落里，吃着圣诞派。他把拇指伸进去，掏出一个李子说："我是个多么好的小男孩！"[1] 好"汤姆叔叔"[2]。杰克被关在角落里是因为他犯错了还是因为他是哑巴？他做了什么？回到敌人和主人，以及巨人杀手杰克爬上他的豆茎梯子，听到埃德加 / 汤姆的疯狂歌声："呸，切，去，/ 我闻到了英国人的血。/ 不管他是死是活，/ 我都要碾碎他的骨头做面包。"杰克和圣经诗人雅各，都是看梯子的人。拇指汤姆（"你的地精"[3]）个子不高，但和圣经中的另一位诗人大卫一样有力量，大卫用弹弓射死了歌利亚。[4] 用拇指盖住大炮的点火孔。她，枪—拇指—黄眼睛—子弹—诗人—地精（GUN-

---

1　杰克·霍纳（Jack Horner），一首流行的英语童谣里的主人公，这首童谣被完整记录在 18 世纪的童谣集《鹅妈妈的旋律或摇篮十四行》（*Mother Goose's melody, or, Sonnets for the cradle*）中。

2　"汤姆叔叔"，这里暗指哈丽雅特·比彻·斯托（Harriet Beecher Stowe）的小说《汤姆叔叔的小屋》（1852 年）中的主人公汤姆。

3　"你的地精"（Your Gnome）是狄金森致希金森的一封信的落款。

4　关于大卫用弹弓射出的石头杀死大力士歌利亚，见《圣经·旧约》《撒母耳记上》第 17 章。狄金森在一首诗歌《我把我的力量握于手掌》（"I took my power in my hand"）（F660）里引述了这个典故，见上文。

THUMB-YELLOW EYE-BULLET-POET-GNOME）是铿锵有
力的。无畏的捕食者和保护者。

To T. W. Higginson   *spring 1886*

I have been very ill, Dear friend, since November, bereft of
Book and Thought, by the Doctor's reproof, but begin to roam
in my Room now –

I think of you with absent Affection, and the Wife and
Child I have never seen, Legend and Love in one –

Audacity of Bliss, said Jacob to the Angel "I will not let
thee go except I bless thee" – Pugilist and Poet, Jacob was
correct –

Your Scholar –

致希金森   *1886 年春*

亲爱的朋友，自十一月以来，我病得很重，在医
生的责备下，我被剥夺了阅读和思考，但现在，开始
在房间里游荡了 –

我想着你，怀着不在场的眷恋，还有我从未见过的妻子和孩子，传说与爱融为一体 –

极乐之无畏，雅各对天使说："我不给你祝福，我就不容你去。" – 摔跤手和诗人，雅各是正确的 –

你的学生 –

（1042）

托马斯·温特沃斯·希金森：1823—1911

她是一个过于神秘的存在，我无法在一个小时的会面中解开这个谜，直觉告诉我，任何直接盘问的尝试都会让她缩进壳里；我只能坐着观看，就像在树林里那样；我必须不用枪就能说出我的鸟儿的名字，如爱默生所建议的。

（T.W.希金森二十年后撰文回忆了他与艾米莉·狄金森的会面，见《大西洋月刊》，1891年10月）

托马斯·温特沃斯·希金森经常被狄金森学者描绘成一个谨慎保守之人，但他在青年和中年时期却远非如此。他是新英格兰清教神学领袖的后裔，其祖父是塞勒姆的一位大航运商人斯蒂芬·希金森（Stephen Higginson），曾任职于大陆会议和马萨诸塞州议会。托马斯是家中15个孩子中的幼子。他早熟且幸运，年仅13岁就通过了哈佛大学的入学考试。毕业后进入神学院学习，最终成为马萨诸塞州纽伯里波特（Newburyport）的一名唯一神教（Unitarian）牧师。与爱德华兹、蒂莫西·弗林特和爱默生一样，希金森因其不安分的学识，很快与教区发生了冲突。希金森是露西·斯通（Lucy Stone）、玛格丽特·富勒和苏珊·B. 安东尼（Susan B. Anthony）的重要朋友和顾问，他始终直言不讳地倡导女权。他的文章《女人和她的愿望》（"Woman and Her Wishes"），一份最早的女权主义宣传册，在美国和英国广为流传。早在废奴运动成为时代潮流之前，希金森就是一名热心的废奴主义者。他是努力营救安东尼·西姆斯（Anthony Sims）的小组成员之一，那是最早的一次奴隶逃亡事件。1848年，他曾代表自由州选票竞选国会议员，但以失败告终。对于他所在的公理会中那些富有的船主们来说，这是最后一根稻草，出于自我维护，他们不希望看到奴隶制受到质疑，也不希望看到妇女获得选举权，于是希金森被解雇了。

1850 年《逃奴法案》通过后，希金森加入了反对该法案的激烈抵抗运动。在波士顿以西 50 英里的伍斯特，一个自由唯一神派教会被组织起来，与西奥多·帕克（Theodore Parker）的教会类似。1852 年，希金森应邀成为该教会的牧师，当时他已是一位广受欢迎的作家和著名的演讲家。伍斯特靠近"地下铁路"（Underground Railroad）的主干线，在南北战争爆发前那段日益动荡的岁月里，他帮助逃跑的奴隶经由波士顿运送到伍斯特地区一个安全的农场。1854 年，他领导了一场从波士顿法院释放安东尼·伯恩斯（Anthony Burns）的失败尝试。在激烈的搏斗中，一名卫兵被打死，伯恩斯被抓回。这是逃奴事件中最轰动的一次，警官的死使废奴运动陷入窘境。西奥多·帕克、温德尔·菲利普斯（Wendell Phillips）和托马斯·希金森都被起诉，但案件从未开庭审理。希金森对马萨诸塞州司法系统的懦弱感到愤怒，他在伍斯特市发表了题为《马萨诸塞在哀悼》的布道，引起了轩然大波，并被广泛传播。艾米莉·狄金森是一位狂热的报纸读者，也是附近小镇的居民，几乎可以肯定的是，她会看到这篇布道。

《堪萨斯–内布拉斯加法案》（Kansas-Nebraska Bill）通过

后，堪萨斯成为暴力冲突的中心。来自新英格兰的组织正在为救济移民筹集资金，希金森前往那里，为《纽约论坛报》直接报道冲突进程。詹姆斯·H. 莱恩（James H. Lane），自称"指挥堪萨斯自由州部队的大将军"，是约翰·布朗的同党，他突然任命希金森为"旅长"和参谋成员，于是，这位唯一神教牧师变成了战地记者，发现自己扮演了一个游击队员的角色。许多年后，他在《诗人传说》（*Poet Lore*）中回忆起那段时光：

　　毫无疑问，不仅是我，还有许多人都可能拥有某本书，书中的某个日期或备忘录几乎刚好标记着本书主人生命中的一个转折点；不管他知道与否，之前的一切都指向这个转折点，而之后的一切又受到这个转折点的影响。在这样的记录周围，可能会聚集着一大群人，就像旁观者一样，对我们来说，他们可能比任何活着的见证人都更加真实和永恒。我自己就有不止一份这样的纪念册，但四十多年来，在所有纪念册中有一页最引人注目，其中有两个诗行下面用铅笔划了着重线，并加上了首字母缩写："L. K. T., 1856 年 10 月 7 日"。这不是一个男士或女士的名字缩写，而是我有生以来第一次全副武装骑马穿过堪萨斯州和内布拉斯加州之间当时还存在争议的地界，带领一队武装移民向被围困的劳伦斯镇进发时的一次驻足纪念。这本书就是勃朗宁的《男人与女人》，这两个引自诗歌《罗兰公子来到暗塔》的诗行是：

> 笨蛋、傻瓜才在这时候睡大觉——
> 就为这景象，我受了一辈子锻炼！

从那以后，我承担了更多的责任，经历了更大的危险；但正是那个时刻，正如卡莱尔笔下的主人公在《旧衣新裁》(*Sartor Resartus*) 中所说："从那以后，我立刻开始成为一个男人。"在去堪萨斯的路上我口袋里可能只有那本书，而在所有书页中只有那两行做了标记，这对我来说，是对《罗兰公子来到暗塔》这首诗最有价值的证明。它表明，我把它当作了一种生命的灵药带在身上，并为此目标而使用这灵药。它对我发挥的作用肯定也会作用于其他人……

《罗兰公子来到暗塔》一诗是勃朗宁触摸生命奥秘的最深刻的尝试。暗塔代表着每个人生存的最高秘密：

我们溯溪而上，跋山涉水，最终只能到达这里。朋友和敌人都会指引我们找到它，但我们必须独自前行。最后伸出的手指甚至可能来自恶意的敌人。天空显得如此阴暗，整个环境令人厌恶，我们可能会退缩。所有早年的记忆都会重现，笼罩在朦胧的迷雾中，但我们仍要前行。这首诗正是如此。评论家们用尽各种猜测以阐明其含义。福尼沃尔博士说，他曾三次询问勃朗宁这首诗是不是一个寓言，勃朗宁每次都说这只是戏剧式的——就好像任何人都能分辨出"戏剧式"在哪里终结，"寓言"从哪里开始！只要有足够的戏剧性，每个人都可以从中得出自己的寓意。柯克曼先生和西尔斯·库克先生认为，塔意味着死亡；按照 R. 格拉茨·艾伦夫人的阐释，寓意在于罪恶和惩罚；奥尔夫人和德鲁里夫人发现，塔代表着生命和真理；阿罗·贝茨教授"想不出还有什么能比这整首诗更为英勇、更为崇高、更能鼓舞人心的了"。正如我所说，每个人都能在诗中找到属于自己的塔；每一个塔都是一份致敬，献给勃朗宁编织的咒语。暗塔是什么？生命的最高奥秘。

终其一生，希金森内心温柔高贵，对流浪者、法外之徒和反叛者关注有加。他的许多文章都表明，他渴望了解暴力政治叛乱背后的动机。1860 年至 1862 年间，他为《大西洋月刊》撰写了一系列关于世纪初奴隶起义的文章。《苏里南的马隆人》《牙买加的马隆人》《纳特·特纳的起义》，关于 1800 年加布里埃尔起义和 1822 年丹麦·维西起义，至今读起来仍颇为有趣。在他写作这些作品时，有关起义的大部分信息人们只能从南方报纸上那些夸大其词的报道中获取。希金森通过无数恐慌的白人的描述以及由此产生的媒体宣传，不断强调白人真相和黑人真相的讽刺性对比。

仔细阅读《纳特·特纳的起义》可以看出，《我的生命伫立－一杆上膛枪－》可能是由其中的部分文字触发的。

1856 年，他对不计后果的大胆行为的热情让他关注到约翰·布朗这个人物。希金森和西奥多·帕克等密谋者从布朗的暴力叛乱思想中看到了迫使美国政府认识到必须废除奴隶制的最后一线希望。1859 年，托马斯·希金森是与布朗密谋的"秘密六人帮"之一，其结果是哈珀渡口突袭的悲剧性结局。布朗被捕后，其他所有同谋者都逃往欧洲或加拿大，其中一人逃往精神病院，以躲避丑闻和可能的逮捕。希金森不仅待在家里，还公开表示他希望自己当时和布朗一起在哈珀渡口。他拜访了布朗的家人，并撰文介绍了他们的英雄事迹，还策划布朗越狱，越狱失败后，他组织了一个包括梭罗和爱默生在内的公民团体，为布朗辩护筹集资金。

受朋友梭罗的影响，希金森在这段公开的战斗时期之后，转向大自然寻求慰藉，并为《大西洋月刊》撰写了一系列关于花卉和鸟类的文章。狄金森仔细阅读了所有文章，然后直接回应了他于1862年4月在该杂志上发表的截然不同的文章《致一位年轻投稿人的信》。

南北战争爆发时，希金森虽已38岁，但仍自愿参战。经过了一段焦躁不安的等待指令的时期，直到1862年他被任命为南卡罗来纳州第一志愿军上校。这是第一支从解放的奴隶中招募而来并为联邦军作战的军团。希金森清楚地知道，在此之前，即使是北方的自由派也不敢把枪交到黑人手中。他后来写道："我们已触及了战争的枢纽……在黑人被武装起来之前，他们的自由是没有保障的。正是他们武装后的举止让国家不得不在羞惭中承认他们是男人。"希金森一直在这支军团服役，直到他因受伤而被迫退伍。

战后，他坚决支持为黑人士兵争取同工同酬，并直言不讳地表达了他对重建时期不公正待遇的厌恶。但岁月让他的激进主义变得温和，虽然他在1869年事后写成的《黑人军团的军旅生活》是内战史上的重要文献，虽然希金森的反奴隶制立场毋庸置疑，但遗憾的是，这本书受到了当时的人类学关于种族气质差异论的影响。在他笔下，黑人士兵是温顺的、无辜的、无限谦卑的。很难相信，就在几年前，正是同一个人写过《纳特·特纳的起义》。

在南卡罗来纳州志愿军团服役期间，希金森对黑人音乐产生了浓厚兴趣。他仔细记录了许多他听到的士兵们演唱的灵歌和其他奴隶歌曲的歌词。他在 1867 年 6 月的《大西洋月刊》上发表了一篇关于美国黑人民歌的长文，至今仍被音乐学者引用。如果没有希金森的努力，这些歌曲的许多歌词可能已经失传。

希金森军团的队友似乎都很喜欢他。战斗结束多年后，他收到了一位前南卡罗来纳州志愿兵的来信：

> 我见到了许多老兵，我谈到了你——所有人都带着灵魂深处的那种情感（成为你）欢呼你的名字，就像听到有个人在黑暗中一下子为他们的路途带来光明。

1862 年 4 月，艾米莉·狄金森，一个在黑暗中的灵魂，完全默默无闻的诗人，给希金森写了一封信。她经常告诉希金森，他的及时回复在某种关键意义上拯救了她。七年后的

1869 年，她写道：

You noticed my dwelling alone – To an Emigrant, Country is idle except it be his own. You speak kindly of seeing me. Could it please your convenience to come so far as Amherst I should be very glad, but I do not cross my Father's ground to any House or town.

Of our greatest acts we are ignorant –

You were not aware that you saved my Life. To thank you in person has since been one of my few requests.

您注意到我独自栖居 – 对一个移民来说，国家是虚置的，除非那是他自己的。您好意说起要见我。不知您是否方便大老远到阿默斯特来，那我会非常高兴，但我不会超出我父亲的领地去任何房子或城镇。

对我们最伟大的行为，我们无知无识 –

您没有意识到您拯救了我的生命。从那以后，当面感谢您是我为数不多的请求之一。

（L330）

自此十年之后：

Must I lose the Friend that saved my Life, without
inquiring why?

Affection gropes through Drifts of Awe – for his Tropic
Door – That every Bliss we know or guess – hourly befall him –
is his scholar's prayer –

难道我一定要失去救我一命的朋友，而不问原因吗？

感情在敬畏的风雪中摸索 – 探寻他的热带之门 –
我们所知道或猜测的每一种幸福 – 都会时刻降临于
他 – 这是他的学生的祈求 –

（L621）

在 19 世纪 60 年代，这位有影响力的繁忙的公共演讲家和
文学家，为了伫立于角落里的生命，为了有智性抱负的妇女，
为了争取解放的黑人，付出了他的时间，提供了鼓励和慷慨
的关注。但是，由于缺乏想象力的强度，他对《罗兰公子来
到暗塔》中的勃朗宁所表现出的形而上学的荒凉视而不见，
对梅尔维尔的所有作品都深恶痛绝，并在评论惠特曼的第二

版《草叶集》时说"它的令人作呕的品质仍然十分强烈",同样的原因也使他对艾米莉·狄金森诗歌中反叛、孤独的大胆行为充耳不闻。在早期阶段,他虽然叛逆有余,但又是一个行动派,而不是犹豫不决的怀疑论者。作为一个有行动力的人,他热情奔放、积极乐观,这种昂扬的精神主调把他塑造为一个善良慷慨之士。狄金森第一次给他写信时,他正值鼎盛期。他是曾被教众解雇的唯一神教牧师,是女权事业和废奴运动的激进的鼓动者,是人性自由的直言不讳的倡导者,他言行一致。收到艾米莉·狄金森的信,他立即回复了。

*   *   *

在《春田共和党人报》上读到希金森已前往南卡罗来纳州率领他的军团,艾米莉·狄金森随即给他写了一封信:

February 1863

Dear Friend

I did not deem that Planetary forces annulled – but suffered an exchange of Territory, or World –

I should have liked to see you, before you became improbable. War feels to me an oblique place – Should there be other Summers, would you perhaps come?

I found you were gone, by accident, as I find Systems are, or Seasons of the year, and obtain no cause – but suppose it a treason of Progress – that dissolves as it goes. Carlo – still remained – and I told him –

Best Gains – must have the Losses' Test

To constitute them – Gains –

My Shaggy Ally assented –

Perhaps Death – gave me awe for friends – striking sharp and early, for I held them since – in a brittle love – of more alarm, than peace. I trust you may pass the limit of War, and though not reared to prayer – when service is had in Church, for Our Arms, I include yourself – I, too, have an "Island" – whose "Rose and Magnolia" are in the Egg, and it's "Black Berry" but a spicy prospective, yet as you say, "fascination" is absolute of Clime. I was thinking, today – as I noticed, that the "Supernatural," was only the Natural, disclosed –

Not "Revelation" – 'tis – that waits,

But our unfurnished eyes –

But I fear I detain you –

Should you, before this reaches you, experience immortality, who will inform me of the Exchange? Could you, with honor, avoid Death, I entreat you – Sir – It would bereave

Your Gnome

1863 年 2 月

亲爱的朋友

　　我并不相信行星的力量被废除了 – 只是遭受到一种领土或世界的交换 –

　　在你变得不太可能之前，我本想见见你。战争对我而言是一个歪斜之地 – 如果还有其他的夏日，你会来吗？

　　我发现你走了，偶然地，就像我发现系统或一年四季如此，得不到理由 – 但假设这是进步的背叛 – 随着它离去而消散。卡罗 – 还在 – 我告诉他 –

　　最好的收益 – 必须经过损失的检验

　　才能认定它们为 – 收益 –

我的长毛盟友同意 -

也许死亡 - 让我对朋友心生敬畏 - 惊人剧烈且过早，因为自从我拥有他们 - 在脆弱的爱中 - 惊恐多于和平。我相信你可以度过战争的极限，虽然没有养成祈祷的习惯 - 但教堂里举行仪式，为我们的装备，我也把自己算在其中 - 我也有一个"岛" - 它的"玫瑰和木兰"都在蛋里，它的"黑浆果"只是一种辛辣有味的预期，但正如你所说，"迷恋"是气候的绝对。今天，我在想 - 如我注意到的，"超自然的"不过是"自然的"，被显露 -

不是"启示" - 它是 - 等待，

而是我们无装备的双眼 -

但我担心我耽搁了你 -

如果在这个抵达你之前，你经历了不朽，谁来告诉我那个交换的消息？您能不能，以荣誉，躲开死亡，我恳请您 - 先生 - 那将会剥夺

你的地精

（L280）

当她如发射子弹一般发射出这封信，雄辩而充满苦涩的

276

嘲讽——精炼的呐喊，喊出一种麻痹的意识，出自战争时期一个北方女子的意识；只剩下她的狗、她的父母、儿童和其他女人；只剩下报纸上间接提供的信息，以及在等级森严的父权体系中她自己那种不可能的地位；只剩下这些东西；以及睥睨一切的野心——她附上了一首诗。

The Soul unto itself

Is an imperial friend –

Or the most agonizing Spy –

An Enemy – could send –

Secure against it's own –

No treason it can fear –

Itself – it's Sovreign – of itself

The Soul should stand in Awe –

灵魂对于它自己

是一位帝王级朋友 –

或是一位敌人 – 能派出的 –

最折磨人的间谍 –

安全防范它自己 –

不担心任何背叛 –

它自己 – 是它自己的 – 至高主权

灵魂当于敬畏中挺立 –

（J683/F579）

*　　　*　　　*

　　《我的生命伫立 – 一杆上膛枪 – 》这首诗撩人地穿透它自己的年表，直奔我们的时代而来。这首严峻的诗歌是一个扬基女子对未言说的词语——奴隶制、解放和色情——的咄咄逼人的探索。在第五节也是最棘手的一节中，"他的"（HIS）敌人的无名的杀伤力被着重抹去。甚至谁都不敢动——第二下。刚毅的童子军—枪的黄色的—子弹—眼，是正义的、孤立的、回旋的、女性化的。猎鹿和鹰眼。玛丽·罗兰森，守护神。在战争的需要中，供方和求方合二为一。

*　　　*　　　*

VI

Though I than He – may longer live

He longer must – than I –

For I have but the power to kill,

Without – the power to die –

power] art

尽管我可能比他 – 活得更久

他却一定活得 – 比我更长 –

因为我只有力量杀戮，

却没有 – 力量死亡 –

力量] 艺术

从第一个词到最后一个词，**我的（MY）**生命我的艺术我的力量，**死于（DIEs）**押韵的秩序。韵律与意义合二为一，死亡完成了我的生命，使之成为我的生命。主人仍在沉睡，枪仍在独白。自我将与蜕变抗争，保持高度警惕，永不休息。正如胜利、正义、词语一样，我的思想必须随时准备改变立场。

Late May 1863

Life is death we're lengthy at, death the hinge to life.

1863 年 5 月底

生命是我们沉浸到底的死亡，死亡是生命的枢纽。

（L281）

Gun in My Life

My Life in Gun

My in The Owner

The Owner in My

Catherine in Heathcliff

Heathcliff in Catherine

Edgar in Tom

Tom in Edgar

Panther in Boone

Boone in Panther

Doe in Rebecca

Rebecca in Doe

Killdeer in Deerslayer

Hawk-eye in Kill-deer

Serpent in Chingachgook

Chingachgook in Serpent

He in I

I in He

Childe Roland blowing Edgar's mad song.

枪在我的生命里

我的生命在枪里

我的在拥有者里

拥有者在我的里

凯瑟琳在希斯克利夫里

希斯克利夫在凯瑟琳里

埃德加在汤姆里

汤姆在埃德加里

美洲豹在布恩里

布恩在美洲豹里

母鹿在丽贝卡里

丽贝卡在母鹿里

猎鹿枪在猎鹿人里

鹰眼在猎鹿枪里

蛇在金加查古克里

金加查古克在蛇里

他在我里

我在他里

罗兰公子吹响埃德加的疯癫歌曲

* * *

里外反转，第六节即最后四行，是变形过程中的一面镜子迷宫。

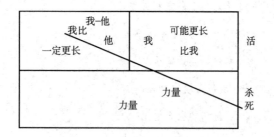

在镜子里（后两行）诗歌发生了数度转折（transumptive turn）。主人—拥有者不见了，只有枪。在第三节中，枪取代了上帝的位置，成为守卫。"哪个是你，先生，哪个是我 / 在一个八月的日子？"（J124/F108）现在，狄金森在艺术中拥有了她自己的力量。灵魂是个新娘。她和她的前驱—爱人结合在一起，就像死神这个最大的谜团一样强大。

The Mountains – grow unnoticed –
Their Purple figures rise
Without attempt – Exhaustion –
Assistance – or Applause –

In Their Eternal Faces
The Sun – with just delight
Looks long – and last – and golden –
for fellowship – at night –

6. just] broad
8. fellowship] sympathy –

群山 – 不知不觉生长 –

他们紫色的形体升高

没有企图 – 亦不费力 –

无外援 – 亦无喝彩 –

在它们永恒的面容里

太阳 – 带着精准的欣喜

寻觅长久的 – 最终的 – 金色的 –

友情 – 在夜里 –

（J757/F768，"诗笺"第 34 册第 14 首）

6. 精准的］宽阔的

8. 友情］同情 –

*　　*　　*

Candor – my Preceptor – is the only wile.

坦率 – 我的导师 – 是唯一的诡计。

（L450）

艾米莉·狄金森在写给托马斯·温特沃斯·希金森的信中经常转换角色。在写给他的第三封信中，她以由衷的感激之情开始：

June 7th 1862

Dear Friend.

Your letter gave no Drunkeness, because I tasted Rum before – Domingo comes but once – yet I have had few pleasures so deep as your opinion, and if I tried to thank you, my tears would block my tongue – ...

Would you have time to be the "friend" you should think I need? I have a little shape – it would not crowd your Desk – nor make much Racket as the Mouse, that dents your Galleries –

If I might bring you what I do – not so frequent to trouble you – and ask you if I told it clear – 'twould be control, to me –

1862 年 6 月 7 日

亲爱的朋友：

您的信没有让我醉倒，因为我以前尝过朗姆酒－多明戈来过，只有一回－不过，快乐如此深，深如您的见解，我尝过的不多，若向您表达感激，我的眼泪会阻塞我的舌头－……

　　您是否有时间做您觉得我需要的那位"朋友"？我形体小－不会挤满您的书桌－也不会弄出太多噪声像老鼠，啃咬您的收藏－

　　我可否给您送来我的东西－不会那么频繁以至将您打扰－请您告诉我是否清晰－那样，对我会是一种控制－

然后，在主航道上，调换了角色：

The Sailor cannot see the North – but knows the Needle can –

水手看不清北方－但知道磁针清楚－

她，那只哭啼啼的小老鼠，刚刚还在乞求"控制"，现在成了水手（哥伦布），而希金森不过是她的方向盘（枪）上的指针。

The "hand you stretch me in the Dark," I put mine in, and turn away – I have no Saxon, now –

"黑暗中您向我伸手"，我放入我的手，转身 – 现在，我已没有撒克逊 –

继续变换，书信变成了一首八行诗，直到再次转回到散文，她拉住他的手，转身问道：

But, will you be my Preceptor, Mr Higginson?

可是，您愿意做我的导师吗？希金森先生？

（L265）

当多年后希金森的第一位妻子去世，他收到了这个：

Sept 1877

Dear Friend.

If I could help you?

Perhaps she does not go so far

As you who stay – suppose –

Perhaps comes closer, for the lapse

Of her corporeal clothes –

Did she know she was leaving you? The Wilderness is new

– to you. Master, let me lead you.

1877 年 9 月

亲爱的朋友：

我能否帮您？

也许她并没有走得那么远

如你们这些留下来的人 – 所猜想的 –

也许会更近，因为逝去

她肉身的衣服 –

她知道她要离开你吗？荒野是新的 – 对于您。主人，让我引领您吧。

（L517）

仅仅一年后，《春田共和党人报》于 1878 年 12 月 1 日宣

布托马斯·温特沃斯·希金森与纽顿的玛丽·波特·撒切尔
（Mary Potter Thatcher）订婚。

Dear Friend,

I heard you had found the Lane to the Indies, Columbus was looking for –

There is no one so happy her Master is happy as his grateful Pupil.

The most noble congratulation it ever befell me to offer – is that you are yourself.

Till it has loved – no man or woman can become itself –
Of our first Creation we are unconscious –

> We knew not that we were to live –
>
> Nor when – we are to die –
>
> Our ignorance – our Cuirass is –
>
> We wear Mortality
>
> As lightly as an Option Gown
>
> Till asked to take it off –

By his intrusion, God is known –

It is the same with Life –

亲爱的朋友：

　　我听说你找到了通往印度群岛的小路，哥伦布想要寻找的 –

　　没有比主人的幸福让他感恩的学生更幸福了。

　　我所能表达的前所未有的最崇高的祝贺 – 就是你是你自己

　　在爱过之前 – 没有男人或女人能成为自己 – 对于我们最初的创造，我们是无意识的 –

　　　　我们不知道我们要生 –

　　　　也不知何时 – 我们要死 –

　　　　我们的无知 – 就是我们的铠甲 –

　　　　我们穿着凡人的宿命

　　　　轻松如一件可挑选的外衣

　　　　直到叫我们卸去 –

　　　　通过他的入侵，上帝为人所知 –

正如生命之诞生亦如此 –

（L575）

　　这种捉迷藏的游戏，这种统治、服从、不服从和屈服的把戏，会一直持续下去，只要他们仍在书信往来。她寄给他的最后一封信是在她去世前不久写的，回应了《春田共和党人报》关于他因病无法参加勃朗宁协会会议的报道。转弯抹角地运行，这圆圈刚好结束于起点：

early May 1886

Deity – does He live now?

My friend – does he breathe?

1886 年 5 月初

神祇 – 他现在活着吗？

我的朋友 – 他在呼吸吗？

（L1045）

一如她一贯的风格，她用一个问题结束了他们长达二十四年的通信。

*　　*　　*

艾米莉·狄金森的一切总是如此，这首诗不可能有最终的解释，尤其是这首千变万化的谜语诗。在某种程度上，这杆枪需要不断地向自己和我们保证，"他的"即她的无名主人／拥有者的优越性。在19世纪，妻子是丈夫的财产，妇女在民主社会中没有投票权。没有投票权，就没有力量实施改变。死亡就是彻底的改变。已婚妇女毫无疑问必须接受失去自由的命运，对此，狄金森一生都极其敏感。艾米莉·勃朗特也是如此。凯瑟琳·恩萧·林顿选择了死亡，但她的鬼魂还活着，一个幽灵，在暴风雨的夜晚，在石楠丛的荒野，抓挠着窗子，恳求让她回去，回到她失去的最初家园，那里才有她的所爱。

*　　*　　*

1883年，在她八岁的侄子吉尔伯特因伤寒猝死后，艾米莉·狄金森写信给她的老朋友霍兰夫人：

Sweet Sister.

Was that what I used to call you?

I hardly recollect, all seems so different –

I hesitate which word to take, as I can take but few and each must be the chiefest, but recall that Earth's most graphic transaction is placed within a syllable, nay, even a gaze –

The Physician says I have "Nervous prostration."

Possibly I have – I do not know the Names of Sickness. The Crisis of the sorrow of so many years is all that tires me – As Emily Brontë to her Maker, I write to my Lost "Every Existence would exist in thee – "...

"Open the Door, open the Door, they are waiting for me," was Gilbert's sweet command in delirium. Who were waiting for him, all we possess we would give to know – Anguish at last opened it, and he ran to the little Grave at his Grandparent's feet – All this and more, though is there more? More than Love and Death? Then tell me it's name!

亲爱的姐姐：

我以前一直如此称呼你吗？

我几乎想不起来了，一切似乎都不同了－

我犹豫着该用哪个词，因为我只有那么几个词可用，而且每个词都必须是最首要的，但回想一下，地球上最生动的交流就在一个音节里，不，甚至一个眼神里－

医生说我得了"神经衰竭"。

我可能得了－疾病的名称，我不懂。多年的伤痛危机已让我疲惫不堪－就像艾米莉·勃朗特对她的造物主一样，我写给我的遗失者"每一个存在都存在于您－"……

"开门，开门，他们在等我，"这是吉尔伯特在谵妄中发出的甜美命令。谁在等他，若能知道，我们愿意付出全部所有－痛苦终于开了门，他跑向他祖父母脚下的小坟墓－这一切，以及更多，但还有更多吗？除了爱和死亡？那就告诉我它的名字！

(L873)

*　　　*　　　*

一个诗人的诗句就像阳光照在镜子上，可能会将虚假的意义反射到自己身上，人为的定义，用古怪的反射抹去了真正的光芒。一首诗的结束，就像一个人生命的结束，将语言释放到退位的主权中。

Soft as the massacre of Suns

By Evening's Sabres slain

1. massacre] [massacre]s

2. Sabres] Sabre

柔软如屠杀太阳

被黄昏的弯刀杀戮

（J1127/F1146）

1. 屠杀（单数）] 屠杀（复数）

2. 弯刀（复数）] 弯刀（单数）

对于一个灵魂的旅程，穿越距离直到生命的第一次呼吸，真正的存在是在深渊里。是的，信任黑夜与寂静。

*　　　*　　　*

李尔　　来，美好的雅典人

葛罗斯特　　别言语，别言语：嘘

*　　　*　　　*

现在，让我们回味一下那最动人的最后一幕，它是现代悲剧的一个高潮："李尔走进来，怀里抱着死去的考狄利娅。"考狄利娅就是死神。将这一情节倒转过来，就容易为我们理解了，就是我们所熟悉的了——死亡女神将死去的英雄从战场上抱走，就像德国神话中的瓦尔基尔。永恒的智慧，披着原始神话的外衣，让老人放弃爱情，选择死亡，与死亡的必然性做朋友……但是，老人渴望女人的爱，就像他曾经从母亲那里得到的那样，这是徒劳的；只有命运女神中的第三位，沉默的死亡女神，才会将他拥入怀中。

（西格蒙德·弗洛伊德，《三个匣子的主题》，

第78—79页）

对于艾米莉·勃朗特和艾米莉·狄金森来说，弗洛伊德的这位沉默的死亡女神并不陌生。在一个与"缺席"认同的宇宙中，男人、女人和上帝之间的禁地将爱从这个世界上撕裂。爱在记忆和关怀之外等待着。如果说死亡女神是陌生的，那么要求服从的男性父亲也是陌生的。这两位女性都抵制这种霸道的服从要求，她们抵制舒适和肯定。

The Zeros taught Us – Phosphorus –

We learned to like the Fire

By handling Glaciers – when a Boy –

And Tinder – guessed – by power

Of Opposite – to equal Ought –

Eclipses – Suns – imply –

Paralysis – our Primer dumb

Unto Vitality –

7. dumb] numb

零度教我们 – 什么是磷 –

我们学会喜爱火焰

通过触摸冰川 – 孩童时代 –

揣摩 – 火种 – 通过

对立面 – 平衡一切的力量 –

日食 – 暗示 – 太阳

麻痹 – 我们喑哑的启蒙

通向生命力 –

（J689/F284）

7. 喑哑] 麻木

*　　　*　　　*

《呼啸山庄》和《我的生命伫立 – 一杆上膛枪 –》的主
题和冲突是与另一个灵魂的完全结合和绝对分离。凯瑟琳和
希斯克利夫是彼此的中心源泉。他们包含、定义和违抗彼
此，以及周围的所有人。在狄金森的诗中，这种统一也是身
份的核心——枪与猎人，我的（My）与主人（Master）。在
第五节中，枪必须继续爱和守护。谁是知者，谁被知——确

信的观点必将被打破。施虐狂打破了孤立的灵魂与他人之间的壁垒。暴力迫使人们做出反应。灵魂的统一可能与施虐狂有关，这是世界的悲哀的谜语。在这两位女性的想象性作品中，在玛丽·罗兰森的《叙事》中，在莎士比亚的四部玫瑰战争编年史中，在《李尔王》《麦克白》《奥赛罗》《雅典的泰门》中，在所有的"皮裹腿"故事中，在勃朗宁的《罗兰公子来到暗塔》中，虚无主义是人类的境况。声音把心灵掷向火石。

* * *

在开头的结尾处，枪肯定了上帝创造的黄眼中的侵略性。但她仍然不会屈服于悲观主义。死亡是一种创生性力量。如果救赎与我们在时间和空间上永恒地分离，那么这种分离必须永恒地重新跨越。李尔、葛罗斯特、希斯克利夫、金加查古克、纳蒂·邦波和罗兰，都以快乐的方式迎接了自己的死亡。对于《我的生命伫立－一杆上膛枪－》的叙述者来说，死亡的力量就是生命。

我探头观看，希斯克利夫先生在那里，平躺着。

他的目光与我的相遇，如此锐利、凶狠，我吓了一跳；然后，他似乎笑了。

我不能认为他死了——但他的脸和喉咙都被雨水冲刷过；床上的衣物滴着水，他一动不动。窗棂来回摇摆着，擦伤了他放在窗台上的一只手，破损的皮肤上并没有流血，我用手指触摸了一下，然后，我再也无法怀疑——他确已死去，彻底死了！

我扣上窗户，把他额前的黑色长发理顺，试图合上他的眼睛——熄灭，如果可能的话，那可怕的、栩栩如生的欣喜目光，在别人看到之前。它们没有闭合——似乎嘲笑着我的努力，他那张开的嘴唇，还有尖利而洁白的牙齿，也在嘲笑！

（《呼啸山庄》，第34章）

Exultation is the going

Of an inland soul to sea –

Past the Houses,

Past the Headlands,

Into deep Eternity –

狂喜是一颗内陆心灵

向海洋奔去 -

路过房屋,

路过海岬,

进入永恒深处 -

（J76/F143，第一节）

*　　　　*　　　　*

索拉，索拉，呜哈，嗬，索拉！

（库柏《最后的莫希干人》的题记，

引自莎士比亚）

普罗米修斯，艺术与科学之父，从宙斯那里盗火，作为礼物送给人类，并因此受尽折磨。他在太阳的光轮上点燃了火把。

Said Death to Passion

"Give of thine an Acre unto me."

Said Passion, through contracting Breaths

"A Thousand Times Thee Nay."

Bore Death from Passion

All his East

He – sovreign as the Sun

Resituated in the West

And the Debate was done.

死神对激情说

"把你的一亩三分地给我。"

激情说，在收缩的呼吸之间

"给你一千次不。"

死神从激情手中夺走

他的全部东方

他 – 至高主权如太阳

在西方再次复位

辩论到此结束。

（J1033/F988）

*　　　*　　　*

1864]　I noticed that Robert Browning had made another
　　　poem, and was astonished – till I remembered that I,
　　　myself, in my smaller way, sang off charnel steps. Every
　　　day life feels mightier, and what we have the power to
　　　be, more stupendous.

1864 年]　我注意到罗伯特·勃朗宁又作了一首诗，不
　　　禁大吃一惊 – 直到我想起，我自己，以我
　　　较小的方式，唱着歌离开尸骨堂的台阶。每
　　　一天我都感觉生命更加强大，我们有能力要
　　　做到的事情，也更加惊人。

（L298）

　　一个女人不再青春年少，但仍是一个阳刚诗人，被围
困在几个世纪之中，正如史蒂文斯所言，要做男人，需要勇
气、自律、幽默和自由的精神。狄金森说"哈姆雷特为我们
所有人犹豫不决"；像哈姆雷特／莎士比亚一样，她直视事
物／文字的本质，一直穿透——达成一种可怕的领悟：没有
真理，只有神秘之外的神秘。通过艺术征服她的主人，死
神，是一个可能的解决方案。这需要执着献身和精益求精。

对于她所从事的艰苦的精神活动来说，她需要熟悉的安宁与受保护的独处。幸运之神为她提供了一个保护其隐私的忠实家庭、一栋大房子、一个属于她自己的房间，还有金钱。她的侄女玛莎·狄金森·比安奇（Martha Dickinson Bianchi）谈道：

> 有一次，在那个快乐的地方，我向艾米莉姨妈重复了一位邻居的话——对她来说，时间一定过得很慢，因为她哪儿也没去过——而她即刻用勃朗宁的诗行回应道：
>
> 时间，啊，时间就是我想要的一切！

＊　　　＊　　　＊

> 他们站在那边，一溜排在小山根，
>
> 　　聚观这个可装另一幅画的活框架，
>
> 　　看我的最后时刻！在火焰映衬下，
>
> 我看见了他们，我认识每一个人。
>
> 然而我还是无畏地把号角举向嘴唇，
>
> 　　吹响了。"罗兰公子来到暗塔。"

（《罗兰公子来到暗塔》，第34节）

诗歌是对生命的伟大激发。诗歌将过去对自我的占有引向变形之路，超越性别的羁绊。诗歌是救赎，走出悲观主义。诗歌是否定中的肯定，诗歌是黄色枪眼中的弹药，一位寓言式朝圣者，将它径直射向黑夜之框的宁静。在罗兰公子随太阳下落的那一刻，就像火焰球中的法厄同，他看见一众远见卓识的先驱，环绕在他四周，等待着

To Edward (Ned) Dickinson 　　　　　　*mid-may 1880*

Phoebus – "I'll take the Reins."

　　　　　　　　　　　Phaeton.

致爱德华·（奈德）·狄金森 　　　　*1880 年 5 月中旬*

　　福波斯 – "让我来驾驭。"

　　　　　　　　　　　法厄同。

　　　　　　　　　　　　　　（L642）

引用文献

Adams, Henry. *The Letters of Henry Adams*, ed. J. C. Levenson, Ernest Samuels, Charles Vandersee, Viola Hopkins Winner. Cambridge: Harvard Univ. Press, 1982. 6 volumes.

Aquinas, Thomas. *An Aquarian Reader*, ed. Mary T. Clark, New York: Image Books/Doubleday & Co. 1972.

Bianchi, Martha Dickinson. *Emily Dickinson Face to Face: Unpublished Letters with Notes and Reminiscences by her Niece Martha Dickinson Bianchi*. New York: Archon Books, 1932; rpt. 1970.

The Bible. King James Version.

Brontë, Charlotte. *Memoir of Emily Jane Brontë*. Oxford: Basil Blackwell, 1934.

Brontë, Emily. *The Complete Poems of Emily Jane Brontë*. New York: Columbia Univ. Press, 1941.

Brontë, Emily Jane. *Five Essays Written in French*, tr. Lorine White

Nagel. Texas: The Univ. of Texas Press, 1948.

Brontë, Emily. *Wuthering Heights*, ed. David Daiches. Harmondsworth, Middlesex: Penguin books Ltd., 1965.

Brontë, Emily and Anne. *The Poems of Emily Jane Brontë and Anne Brontë*. Oxford: Basil Blackwell, 1934.

Brown, John. *The Life and Letters of John Brown, Liberator of Kansas, and Martyr of Virginia*, ed. F. B. Sanborn. New York: Negro Universities Press, co. 1969.

Browning, Elizabeth Barrett. *The Complete Poetical Works of Elizabeth Barrett Browning*. Boston: Houghton Mifflin and Co., 1900.

Browning, Robert. *Men and Women*. Boston: Ticknor and Fields, 1856.

Browning, Robert. *Men and Women*, London: Chapman and Hall, 1855.

Calvin, John. *Institutes of the Christian Religion*, tr. John Allen. Philadelphia: Presbyterian Board of Christian Education, 1902.

Cixous, Helene. "The Laugh of the Medusa." In *New French Feminisms: An Anthology*, ed. Elaine Marks and Elizabeth de Courtivon. Amherst: Univ. of Massachusetts Press, 1980, 247–255.

Cooper, James Fenimore. *The Last of the Mohicans: A Narrative of*

1757. New York: Harper and Row, 1965.

_____. *The Deerslayer or, the First War Path*, New York: Stringer and Townsend, 1854.

Crashaw, Richard. *Oxford Book of English Verse*, ed. Arthur Quiller-Couch Oxford: Clarendon Press, 1930.

Dickens, Charles. *David Copperfield*. London: Oxford University Press, 1948.

Dickinson, Emily. *Letters*, ed. Thomas H. Johnson. Cambridge: Harvard Univ. Press, 1958. 3 volumes.

_____. *The Manuscript Books of Emily Dickinson*, ed. R.W. Franklin Cambridge: Harvard Univ. Press, 1981. 2 volumes.

_____. *The Poems of Emily Dickinson*, ed. Thomas H. Johnson. Cambridge: Harvard Univ. Press, 1958. 3 volumes.

Donne, John. *Poetical Works*, ed. Herbert Grierson. London: Oxford University Press. 1968.

Edwards, Jonathan. *Representative Selections with Introduction, Bibliography and Note* by Clarence H. Faust and Thomas H. Johnson, New York: Hill and Wang, 1962.

Eliot, George. *Essays of Ceorge Eliot*, ed. Thomas Pinney. New York: Columbia Univ. Press, 1963.

Ellmann, Richard. *James Joyce*. New York, London, Toronto: Oxford Univ. Press. 1959.

Emerson, Ralph Waldo. *The Complete Works of Ralph Waldo Emerson*. Boston and New York: Houghton Mifflin Co., 1876.

Flint, Timothy. *The First White Man of the West, or The Life and Exploits of Col. Dan'l Boone*. Cincinnati: Anderson, Gates and Wright, 1858.

Freud, Sigmund. *Character and Culture*, ed. Philip Rieff. New York: Collier Books Inc., 1963.

Gilbert, Sandra M. and Susan Gubar. *The Madwoman in the Attic: The Woman Writer and the Nineteenth Century Literary Imagination*. New Haven: Yale Univ. Press, 1979.

Higginson, Thomas Wentworth. "Letter to a Young Contributor." In *Atlantic Essays*. Boston: James Osgood and Co., 1871.

Keats, John. *The Poetical Works of John Keats*, ed. Heathcote William Garrod. London: Oxford Univ. Press, 1939.

Keats, John. *Letters of John Keats*, ed. Robert Gittings. London: Oxford Univ. Press, 1970.

Leyda, Jay. *The Years and Hours of Emily Dickinson*. New Haven: Yale Univ. Press, 1960.

Mather, Cotton. *Magnalia Christi Americana*. Hartford: Silus Andrus and Son, 1853. 2 volumes.

Mather, Increase. *The History of King Phillip's War*, ed. Samuel G. Drake. Boston: New England Historic-Geneological Society, 1862.

Milton, John. *Oxford Book of English Verse*, ed. Arthur Quiller-Couch. Oxford: Clarendon Press, 1930.

New French Feminisms: An Anthology, ed. and with intro, by Elaine Marks and Isabelle de Courtivon. Amherst: Univ. of Massachusetts Press, 1980.

Nietzsche, Friedrich. *Ecco Homo: How one Becomes What one is*, tr. R. J. Hollingdale. Harmondsworth, Middlesex: Penguin Books Ltd., 1979.

Rowlandson, Mary. *The Narrative of the Captivity and Restoration of Mrs. Mary Rowlandson*, First printed in 1682 in Cambridge Massachusetts, & London, England. Now reprinted in Fac-simile. Whereunto are annexed a *Map* of her Removes, *Biographical & Historical Notes*, and the last *Sermon* of her husband Rev. Joseph Rowlandson. Lancaster, Mass: 1903.

Shakespeare, William. *The Comedies, Histories, Tragedies, and Poems of William Shakespeare*, ed. Charles Knight. London:

Charles Knight and Co., 1843.

Spenser, Edmund. *The Faerie Queene*, ed. Thomas P. Roche, Jr. Harmondsworth, Middlesex: Penguin Books Ltd., 1979.

Stevens, Wallace. *The Necessary Angel, Essays on Reality and the Imagination*. New York: Knopf, Inc. and Random House, Inc. 1951.

Thoreau, Henry David. "The Last Days of John Brown," *The Writings of Henry David Thoreau*, vol IV. Boston: Houghton Mifflin Co., 1906.

Thoreau, Henry David. *A Week on the Concord and Merrimack Rivers*, with a foreword by Denham Sutcliffe. New York: New American Library, 1961.

Webster, Noah. *An American Dictionary of the English Language*, New York: Harper and Brothers, 1854.

Williams, Roger. *A Key to the Language of America*, Reprinted Providence, 1936.

Williams, William Carlos. *In the American Grain*. New York: New Directions Publishing Corp., 1956.

Zukofsky, Louis. Bottom: *On Shakespeare*. Austin, Texas: The Ark Press, 1963.

主要译名对照表

Booth, Junius, 布斯，朱尼厄斯

Bowles, Samuel, 鲍尔斯，塞缪尔

Brawne, Fanny, 布朗恩，芬妮

Brontë, Anne, 勃朗特，安妮

Brontë, Branwell, 勃朗特，布兰维尔

Brontë, Charlotte, 勃朗特，夏洛蒂

Brontë, Emily, 勃朗特，艾米莉

Brown, John, 布朗，约翰

Browning, Elizabeth Barrett, 勃朗宁，伊丽莎白·巴雷特

Browning, Robert, 勃朗宁，罗伯特

Bunyan, John, 班扬，约翰

Burns, Anthony, 伯恩斯，安东尼

Calvin, John, 加尔文，约翰

Calvinism, 加尔文主义、加尔文派

Carlyle, William, 卡莱尔，威廉

Cézanne, Paul, 塞尚，保罗

Civil War, American, 南北战争

Cixous, Hélène, 西苏，埃莱娜

Cody, John, 科迪，约翰

Column, Mary, 科伦，玛丽

Cooper, James Fenimore, 库柏，詹姆斯·费尼莫尔

Copernicus, Nicolaus, 哥白尼，尼古拉

Cotten, John, 科顿，约翰

Crashaw, Richard, 克拉肖，理查德

Cubism, 立体派

Dante, 但丁

Dickens, Charles, 狄更斯，查尔斯

Dickinson, Austin, 狄金森，奥斯汀

Dickinson, Edward (Ned), 狄金森，爱德华·（奈德）

Dickinson, Lurcretia Gunn, 狄金森，卢克丽霞·冈恩

Dickinson, Obediah, 狄金森，奥比戴亚

Diehl, Joanne Feit, 迪耶尔，乔安妮·费特

Donne, John, 多恩，约翰

Dürer, Albrecht, 丢勒，阿尔布雷希特

Dustin, Hannah, 达斯汀，汉娜

Dyer, Mary, 戴尔，玛丽

Edwards, Jonathan, 爱德华兹，乔纳森

Eliot, George, 艾略特，乔治

Elizabeth, Queen of England, 伊丽莎白女王

Ellmann, Richard, 埃尔曼，理查德

Emerson, Ralph Waldo, 爱默生，拉尔夫·瓦尔多

Faraday, Michael, 法拉第，迈克尔

Filson, John, 费尔森，约翰

Flint, Timothy, 弗林特，蒂莫西

Franklin, Ralph, 富兰克林，拉尔夫

Freud, Sigmund, 弗洛伊德，西格蒙德

Fuller, Margaret, 富勒，玛格丽特

Gelpi, Albert, 捷尔比，阿尔伯特

Gilbert, Sandra M., 吉尔伯特，桑德拉·M.

Gubar, Susan, 古巴尔，苏珊

Hawthorne, Nathaniel, 霍桑，纳撒尼尔

Heidegger, Martin, 海德格尔，马丁

Higginson, Thomas Wentworth, 希金森，托马斯·温特沃斯

Hölderlin, Friederich, 荷尔德林，弗里德里希

Holland, Josiah Gilbert, 霍兰，约西亚·吉尔伯特

Hooker, Thomas, 胡克，托马斯

Hutchinson, Anne, 哈钦森，安妮

James, William, 詹姆斯，威廉

Johnson, Thomas H., 约翰逊，托马斯·H.

Joyce, James, 乔伊斯，詹姆斯

Keats, John, 济慈，约翰

Kenner, Hugh, 肯纳，休

Lane, James H., 莱恩，詹姆斯·H.

Leyda, Jay, 莱达，杰伊

Lincoln, Abraham, 林肯，亚伯拉罕

Lind, Jenny, 林德，珍妮

Locke, John, 洛克，约翰

Mather, Cotton, 马瑟，科顿

Mather, Increase, 马瑟，英格瑞斯

Melville, Herman, 梅尔维尔，赫尔曼

Mill, J.S., 密尔，约翰·斯图尔特

Miller, Perry, 米勒，佩里

Miller, Ruth, 米勒，露丝

Milton, John, 弥尔顿，约翰

Napoleon, Louis, 拿破仑，路易

Neff, Mary, 内夫，玛丽

Newton, Isaac, 牛顿，艾萨克

Nietzsche, Friedrich, 尼采，弗里德里希

Norcross, Frances, 诺克洛斯，弗朗西斯

Norcross, Louise, 诺克洛斯，露易丝

Olson, Charles, 奥尔森，查尔斯

Parker, Theodore, 帕克，西奥多

Picasso, Pablo, 毕加索，巴勃罗

Pierce, Charles, 皮尔斯，查尔斯

Phillips, Wendell, 菲利普斯，温德尔

Pierrepont, Sarah, 皮尔庞特，萨拉

Plutarch, 普鲁塔克

Poe, Edgar Allan, 坡，埃德加·爱伦

Porter, David, 波特，大卫

Puritans, 清教徒

Pythagoras, 毕达哥拉斯

Rilke, Rainer Maria, 里尔克，莱内·马利亚

Root, Abiah, 鲁特，亚比亚

Rowlandson, Joseph, 罗兰森，约瑟夫

Rowlandson, Mary, 罗兰森，玛丽

Ruskin, John, 罗斯金，约翰

Santayana, George, 桑塔亚那，乔治

Sappho, 萨福

Sewall, Richard, 休厄尔，理查德

Shakespeare, William, 莎士比亚，威廉

Shelley, Percy Bysshe, 雪莱，珀西·比希

Shepard, Thomas, 谢泼德，托马斯

Sims, Anthony, 西姆斯，安东尼

Sitwell, Edith, 西特韦尔，伊迪丝

Slotkin, Richard, 斯洛特金，理查德

Spenser, Edmund, 斯宾塞，埃德蒙

Stein, Gertrude, 斯坦因，格特鲁德

Stevens, Wallace, 史蒂文斯，华莱士

Stone, Lucy, 斯通，露西

Stowe, Harriet Beecher, 斯托，哈丽雅特·比彻

Swinburne, Algernon, 斯温伯恩，阿尔加侬

Tennyson, Alfred Lord, 丁尼生，阿尔弗雷德

Thoreau, Henry David, 梭罗，亨利·戴维

Todd, Mabel Loomis, 托德，梅布尔·卢米斯

Turner, Joseph, 透纳，约瑟夫

Turner, Nat, 特纳，纳特

Weaver, Harriet, 韦弗，哈丽雅特

Whitman, Walt, 惠特曼，沃尔特

Wigglesworth, Michael, 维格斯沃斯，迈克尔

Williams, Roger, 威廉斯，罗杰

Williams, William Carlos, 威廉斯，威廉·卡洛斯

Winthrop, John, 温斯罗普，约翰

Wordsworth, William, 华兹华斯，威廉

Young, Edward, 杨，爱德华

Zukofsky, Louis, 祖科夫斯基，路易斯

图书在版编目（ＣＩＰ）数据

我的艾米莉·狄金森 /（美）苏珊·豪著；王柏华
译 .—南京：南京大学出版社，2025.5 — ISBN 978-
7-305-28588-2

Ⅰ . I712.072

中国国家版本馆 CIP 数据核字第 20258E7D53 号

江苏省版权局著作权合同登记 图字：10–2024–264 号

出版发行 南京大学出版社
社　　址 南京市汉口路 22 号　　邮 编 210093

WO DE AIMILI·DIJINSEN
书　名　我的艾米莉·狄金森
著　者　[美]苏珊·豪
译　者　王柏华
责任编辑　刘静涵
特约策划　拂 荻 胡 琳

印　刷　山东临沂新华印刷物流集团有限责任公司
开　本　787mm×1092mm　　1/32　　印张 10.25　　字数 182 千字
版　次　2025 年 5 月第 1 版　　2025 年 5 月第 1 次印刷
ISBN　978-7-305-28588-2
定　价　78.00 元

网　　址：http://www.njupco.com
官方微博：http://weibo.com/njupco
官方微信：njupress
销售咨询：（025）83594756